FÁBULAS DE ESOPO

Much   o.
De se   vi
a.c. Al   n
filósof   –
sas situ   –
lejas d

os cuestio

cierto,

pare

o. S

a

FÁBULAS DE ESOPO

FÁBULAS DE ESOPO

Traducción de Júlia Sabaté Font

VINTAGE ESPAÑOL
Una división de Random House LLC
Nueva York

PRIMERA EDICIÓN VINTAGE ESPAÑOL, MAYO 2014

Copyright de la traducción © 2013 por Júlia Sabaté Font

Todos los derechos reservados. Publicado en coedición con
Penguin Random House Grupo Editorial, S. A., Barcelona, en los
Estados Unidos de América por Vintage Español, una división de
Random House LLC, Nueva York, y en Canadá por Random House
of Canada Limited, Toronto, compañías Penguin Random House. Esta
traducción fue originalmente publicada en España por Penguin Random
House Grupo Editorial, S. A., Barcelona, en 2013. Copyright de la
presente edición en castellano para todo el mundo © 2013 por
Penguin Random House Grupo Editorial, S. A., Barcelona.

Vintage es una marca registrada y Vintage Español y su colofón
son marcas de Random House LLC.

Información de catalogación de publicaciones disponible en la
Biblioteca del Congreso de los Estados Unidos.

Vintage Español ISBN en tapa blanda: 978-0-8041-7122-9
Vintage Español eBook ISBN: 978-0-8041-7123-6

Para venta exclusiva en EE.UU., Canadá, Puerto Rico y Filipinas.

www.vintageespanol.com

Impreso en los Estados Unidos de América
10   9   8   7   6   5   4   3   2   1

FÁBULAS
DE ESOPO

SOBRE ESTA EDICIÓN

El nombre de Esopo sirve para reunir una larga tradición, de origen diverso y aún muy discutido, de fábulas que recorren tanto la literatura griega como la latina. En el presente volumen nos hemos limitado a traducir solo aquellas fábulas esópicas escritas en griego, lo que supone la inclusión de la llamada Colección Augustana o Recensión I, con los añadidos posteriores, así como las escritas, a finales del siglo I d.C., por el helenizado poeta romano Babrio, las extraídas de la novela griega del siglo II d.C. *Vida de Esopo*, las añadidas por otros autores, como Pseudo Dositeo, Pseudo Aftonio y Pseudo Syntipas, las de los cuartetos bizantinos, las del llamado Códice Laurentiano y, finalmente, fábulas citadas por diferentes autores, en cuyo caso hemos indicado la procedencia entre corchetes.

La traducción se ha hecho de acuerdo a la siguiente edición: *Aesopica*, B. E. Perry ed., University of Illinois Press, Urbana and Chicago, 1952.

I

FÁBULAS DE LA COLECCIÓN AUGUSTANA

1

EL ÁGUILA Y LA ZORRA

Un águila y una zorra eran amigas, así que decidieron ir a vivir una cerca de la otra, con la intención de que la cotidianidad fortaleciera su amistad. Mientras que el águila anidó en lo alto de un gran árbol, la zorra se cobijó en el arbusto que crecía justo en la base, donde dio a luz. Un día que salió la zorra a por comida, el águila, hambrienta, voló hasta el arbusto, agarró a las crías, y se dio un buen festín junto a sus polluelos. Al regresar la zorra, advirtió lo ocurrido y tanto le dolió la muerte de sus crías, como el hecho de no poder vengarlas, pues siendo un animal terrestre, no tenía la posibilidad de perseguir a un ave. Así que se alejó insultando a su enemiga, que es lo único que les queda a los débiles e impotentes. Sin embargo, no tardó el águila en sufrir una gran condena por haber ultrajado la amistad. Aprovechando que había unos en el bosque haciendo un sacrificio, voló el águila hasta el altar y arrambló con una víscera encendida, que se llevó al nido. Como soplaba un fuerte viento, de una ramita ligera y seca se prendió un fuego refulgente que quemó a los polluelos y, como aún no sabían volar, se cayeron al suelo. En aquel momento, llegó la zorra corriendo y los devoró a todos enfrente del águila.

La fábula muestra que los que ultrajan la amistad, aunque se libren de la venganza de los que han traicionado por ser débiles, no pueden escapar de la venganza de la divinidad.

EL ÁGUILA, LA GRAJILLA Y EL PASTOR

Un águila voló y agarró a un cordero de un peñasco escarpado. Una grajilla la vio y, envidiosa, quiso imitarla, así que se lanzó a graznidos contra un carnero. Se le enredaron las garras con la lana y, aun batiendo las alas con fuerza, no podía librarse. Entonces el pastor, al ver lo que ocurría, se acercó corriendo y la hizo presa; le recortó las veloces alas y, al atardecer, la llevó a sus hijos. Al preguntar estos de qué pájaro se trataba, respondió el pastor: «Yo sé bien que es una grajilla, pero ella tiene la ilusión de ser un águila».

Así, quien rivaliza con los más fuertes nada consigue sino convertirse en el hazmerreír en su desgracia.

EL ÁGUILA Y EL ESCARABAJO

Un águila iba al acecho de una liebre. Se encontraba, pues, en peligro la liebre, sin posibilidad de salvarse, y lo único que veía era un escarabajo, así que le suplicó ayuda. El escarabajo la animó, y cuando vio que el águila se acercaba le pidió que no agarrara a la liebre que le había pedido auxilio. El águila, en vista de su superioridad para con el diminuto escarabajo, devoró a la liebre. El escarabajo le guardaba rencor, por lo que vigilaba, diligente, su nido. Así, cada vez que aquella criaba, el escarabajo levantaba el vuelo y hacía rodar los huevos, que se rompían. Hasta que un día el águila, que tenía que huir de todas partes, acudió a Zeus —pues es el ave sagrada del dios— para pedirle que le facilitara el lugar seguro que precisaba para sus puestas: aovó en el regazo de él. El escarabajo, que lo había observado, hizo una pelota de estiércol, levantó el vuelo y, cuando se encontraba sobre el regazo de Zeus, allí mismo la soltó. Zeus se alzó con la voluntad de sacudirse el estiércol, por lo que, sin querer, dejó caer los huevos. Dicen que desde entonces, cuando llega la época de los escarabajos, ya no crían las águilas.

La fábula enseña que no hay que sentirse superior a nadie creyendo que hay quien es tan débil que, habiendo sido maltratado, no pueda jamás vengarse.

4
EL HALCÓN Y EL RUISEÑOR

Un ruiseñor cantaba como de costumbre posado en lo alto de una encina. Un halcón, falto de alimento, lo vio y se lanzó a capturarlo. A punto de morir, el ruiseñor le pedía que lo liberara; decía que él no era suficiente para llenar el estómago de un halcón, que lo que debería hacer era, si estaba hambriento, ir a por pájaros más grandes. Pero le respondió el halcón: «Pues bien estúpido sería si dejara la comida que tengo en mano para ir a cazar lo que aún no se me ha presentado».

También entre los hombres hay ignorantes que, con la esperanza de obtener cosas mejores, dejan escapar las que tienen en sus manos.

5
EL DEUDOR ATENIENSE

En la ciudad de Atenas, un acreedor reclamaba a su deudor que le devolviera el dinero. Primero, el deudor le pidió que le concediera un aplazamiento, alegando que se encontraba en dificultades. Pero como el otro le respondió que no, fue a buscar la única cerda que tenía y la puso a la venta, a su lado. Se acercó un comprador y le preguntó si la cerda podía criar. Le respondió el deudor que no solo podía criar, sino que hacía algo increíble, pues, durante los Misterios, paría hembras y, durante las Panateneas, machos. Y al ver lo admirado que quedaba el comprador, el acreedor añadió: «Pues no te maravilles todavía, porque durante las Dionisias te parirá corderos».

La fábula muestra que muchos, por su afán de ganar, jamás dudan en prometer en falso lo imposible.

6
EL CABRERO Y LAS CABRAS MONTÉS

Un cabrero sacó a sus cabras a apacentar y al ver que unas cabras montés se habían mezclado con su rebaño, al atardecer las recogió a todas y las metió en la misma cueva. Al día siguiente se originó una tormenta atroz y, como no pudo sacarlas al pasto habitual, las cuidó a cubierto. Así pues, echó a sus cabras el alimento justo para que no pasaran hambre, y a las foráneas les echó muchísimo más, con el fin de hacérselas suyas. Cuando amainó la tormenta, las sacó a todas al pasto, pero al llegar a las montañas, las montés huyeron. El pastor les reprochó su muestra de ingratitud pues, aun habiendo recibido un cuidado extraordinario, lo abandonaban. Ellas, volviéndose, dijeron: «Es por eso mismo que nos guardamos de ti, porque si a nosotras, que llegamos ayer a tu lado, nos favoreces más que a las antiguas, está claro que cuando otras se te acerquen, las preferirás a nosotras».

La fábula muestra que no debemos recibir con alegría la amistad de los que nos anteponen, recién nos conocen, a las antiguas amistades, pues eso nos dice que, pasado el tiempo, preferirán las nuevas a nosotros.

EL MÉDICO COMADREJA Y LAS GALLINAS

Oyó una comadreja que las gallinas de una granja estaban enfermas, así que se disfrazó de médico y, tomando los utensilios, se presentó en la granja. Preguntó a las gallinas cómo se encontraban y ellas contestaron «Bien», y añadieron: «En cuanto te hayas ido».

Tampoco los hombres viles pasan desapercibidos a los prudentes, aun cuando aquellos fingen la mayor de las bondades.

ESOPO EN EL ASTILLERO

Un día que Esopo el fabulista tenía tiempo libre entró en el astillero. Los trabajadores se mofaban de él y provocaron que este se la devolviera: les contó Esopo que en la antigüedad se originaron el caos y el agua y que, por voluntad de Zeus, surgió el elemento tierra, a quien exhortó a engullir el mar tres veces. Empezó la tierra, y primero dejó sobresalir las montañas. Al segundo trago, dejó las llanuras al descubierto, «y si resuelve, al tercer sorbo, beberse toda el agua, vuestro arte resultará inútil».

La fábula muestra que los que se mofan de alguien sin haber advertido que les es superior, atraen hacia sí mismos un mal mayor.

LA ZORRA Y EL CABRÓN DENTRO DEL POZO

Una zorra se cayó y estaba sin remedio en un pozo, pues no disponía de recursos para salir. Un cabrón sediento llegó al pozo, vio a la zorra y le preguntó si el agua era buena. Así que ella, aprovechando la ocasión, exageró la calidad del agua, diciendo que era potable y, encima, lo animó a bajar. Él bajó de un salto, desprevenido, pues solo veía la realización de su deseo. Mientras el cabrón satisfacía la sed, buscaba la zorra la manera de subir. Hasta que dijo la zorra tener planeada la salvación de ambos: «Si quieres poner las patas apoyadas contra el muro e inclinar también los cuernos, treparé por el lomo y luego te ayudaré a subir». Él se prestó sin dudar a causa de la segunda parte del plan. La zorra saltó por las piernas del cabrón, luego subió por la espalda y, apoyándose en los cuernos, llegó a la boca del pozo. Después escapó. Se quejó el cabrón por la transgresión del pacto, y ella, volviéndose, le dijo: «Pues si tú tuvieras tantas luces como pelos en la barba, en primer lugar no habrías bajado antes de pensar cómo saldrías».

También los hombres prudentes deben considerar primero el fin de los actos para, solo luego, llevarlos a cabo.

10
LA ZORRA QUE VIO A UN LEÓN

Una zorra que nunca había visto a un león se encontró a uno y, como era la primera vez que lo veía, se turbó tanto que por poco muere. La segunda vez que lo encontró se asustó, pero no tanto como la vez primera. A la tercera, como ya lo tenía visto, se sintió tan segura que se le acercó y conversó con él.

La fábula muestra que la costumbre disminuye el miedo a las cosas.

EL PESCADOR FLAUTISTA

Un pescador, que era además un experto flautista, tomó las flautas y las redes, se adentró en el mar y se aposentó en el sobresaliente de una roca. Primero se puso a tocar, creyendo que los peces saldrían espontáneamente por la dulzura del sonido. Pero después de tocar y tocar nada había conseguido, así que dejó las flautas, desenrolló las redes, las lanzó al agua y pescó muchos peces. Entonces los tiró de la red al suelo y, mirando cómo se sacudían, les dijo: «Malditos animales, con las flautas no, pero ahora que he parado, os ponéis a bailar».

LA ZORRA Y EL LEOPARDO

Una zorra y un leopardo discutían acerca de la belleza. Como el leopardo alababa una y otra vez la vivacidad de su propio pelaje, le contestó la zorra: «Pues yo te supero en belleza, y no por el pelaje, sino por la vivacidad de mi alma».

La fábula muestra que la armonía de la inteligencia es superior a la belleza del cuerpo.

LOS PESCADORES QUE PESCARON UNA PIEDRA

Unos pescadores arrastraban una red. Como era pesada, lo celebraban y bailaban, pues creían haber conseguido una buena pesca. Cuando vaciaron la red en la playa, descubrieron que los peces eran pocos, pues la red estaba llena de piedras y desperdicios. Se quedaron apesadumbrados, no tanto por lo que había sucedido sino porque, impacientes, se habían hecho a la idea de todo lo contrario. Habló el más viejo: «Paremos, compañeros, pues, según parece, la alegría y el dolor son hermanos, y necesitábamos que algo nos causara dolor habiéndonos alegrado por adelantado».

Pues tampoco a nosotros nos conviene, visto lo mudable que es la vida, regocijarnos siempre por las cosas, pues hay que tener en cuenta que después de la calma, por fuerza, viene la tormenta.

14
UNA ZORRA Y UN MONO DISCUTEN SOBRE LA NOBLEZA DE SU LINAJE

Una zorra y un mono andaban por un camino y discutían sobre la nobleza de su linaje, explayándose, ahora uno ahora el otro, en cada detalle. Cuando llegaron delante de unas tumbas, el mono se puso a mirarlas fijamente y se lamentaba, por lo que la zorra le preguntó por qué, y el mono, indicando las sepulturas, dijo: «Es que no puedo sino llorar al ver las tumbas de mis antepasados, libertos y esclavos». La otra le dijo: «Puedes mentir tanto como quieras, pues ninguno se va a levantar para contradecirte».

También los hombres mentirosos exageran más cuando no tienen quien les pueda contradecir.

15
LA ZORRA Y EL RACIMO DE UVAS

Una zorra famélica, al avistar un racimo de uvas que colgaba de lo alto de una vid, quería alcanzarlo, pero no pudo. Así que cuando se marchaba, se dijo: «Están verdes».

También algunos hombres, cuando no son capaces de alcanzar algo por incapacidad, culpan al momento.

16

LA COMADREJA Y EL GALLO

Una comadreja que había cazado un gallo quería comérselo por alguna buena razón. Así que empezó por culparle de ser un estorbo para los hombres, pues cantaba de noche y no les dejaba conciliar el sueño. El gallo dijo que hacerlo les era de ayuda, pues se levantaban para llevar a cabo sus quehaceres diarios. Al segundo intento dijo la comadreja: «Pues, a parte, profanas la naturaleza, porque pisas a tu madre y hermanas cuando las montas». A lo que respondió él que hacerlo ayudaba al amo, pues les provocaba poner muchos huevos. Sobreponiéndose, dijo la otra: «¿Te crees que porque tengas tanta abundancia de argumentos no voy a comerte?».

La fábula muestra que la naturaleza malvada, si elige ofender pero no puede enmascararlo bajo una buena razón, hace el mal sin disfraces.

17

LA ZORRA SIN RABO

A una zorra se le cortó el rabo en una trampa. Sentía tanta vergüenza que pensó que la vida no tenía sentido, pero finalmente resolvió convencer a las otras zorras de hacer lo mismo para, así, esconder su propia inferioridad en el sufrimiento común. Por ello, las reunió a todas y les propuso cortarse el rabo, no solo alegando que las hacía torpes, sino que les añadía un peso extraordinario. Una respondió: «Tú, si no fuera porque te conviene, no nos lo aconsejarías».

Esta fábula es adecuada para aquellos que dan consejos a los que tienen cerca no por amabilidad, sino por su propia conveniencia.

18

EL PESCADOR Y LA ANCHOA

Un pescador sacó la red y encontró una anchoa. Ella le suplicó que por el momento la soltara, pues aún resultaba pequeña, que si la pescaba más adelante, sacaría mayor provecho. Pero dijo el pescador: «Pues muy bobo sería yo si dejara escapar la ganancia que tengo en mano con la esperanza de conseguir lo que no se deja ver».

La fábula muestra que es preferible la ganancia del momento, por pequeña que sea, que la que está por llegar, por mucho que la supere.

19

LA ZORRA Y LA ZARZA

Una zorra se resbaló trepando por una cerca y se agarró de una zarza. Se llenó las patas de arañazos, sentía un dolor muy fuerte, así que le reprochó a la zarza que no hubiera actuado como correspondía, pues había recurrido a ella para que la ayudara. Y la zarza contestó diciendo: «Pero es que tú te has equivocado queriéndote agarrar a mí, siendo yo la que siempre se agarra a todo el mundo».

También son necios los hombres que recurren a aquellos que por naturaleza hacen daño para que les ayuden.

20

LA ZORRA Y EL COCODRILO

Una zorra y un cocodrilo discutían acerca de la nobleza de su linaje. El cocodrilo explicaba con detalles las proezas de sus ancestros, y terminó con que sus antepasados fueron gimnasiarcas. Y a eso respondió la zorra diciendo: «Pues nadie lo diría, porque tu piel denota que hace mucho que no practicas la gimnasia».

También a los hombres mentirosos se les refuta con los hechos.

21

LOS PESCADORES Y EL ATÚN

Unos pescadores habían salido a pescar pero, después de mucho esfuerzo, no habían sacado nada, así que se sentaron en la barca, desanimados. En estas que un atún que se escapaba zumbando de una persecución saltó dentro del bote. Los pescadores lo recogieron y se lo llevaron a la ciudad para venderlo.

Así, muchas veces, lo que no se consigue con el trabajo, lo concede el azar.

22

LA ZORRA Y EL LEÑADOR

Una zorra que huía de unos cazadores vio a un leñador y le suplicó que la escondiera. Él la invitó a entrar a su cabaña para ocultarse. No mucho después, aparecieron los cazadores y preguntaron al leñador si había visto pasar a una zorra. El otro negaba de voz haberla visto, pero con las manos señalaba hacia donde estaba escondida. Como no atendieron a las señas, los cazadores le creyeron solo de palabra. La zorra, cuando vio que se habían ido, se marchó sin dirigirle la palabra al leñador. Este se quejó porque, si bien él la había salvado, ella no se lo agradecía. Y dijo la zorra: «Pues yo te daría las gracias si los gestos de tus manos hubieran coincidido con tus palabras».

Esta fábula conviene a aquellos hombres que predican elevados valores, pero que actúan con bajeza.

23
LOS GALLOS Y LA PERDIZ

Uno que tenía gallos en casa compró una perdiz domesticada que resultó estar en venta. Se la llevó a casa y crió junto con los gallos. La perdiz se sentía apesadumbrada porque los gallos la picaban y la perseguían, y creía que la menospreciaban por forastera. Al cabo de poco, al ver que los gallos luchaban entre ellos y no se separaban hasta que sangrara uno de los dos, se dijo a sí misma: «Pues no me dolerán más sus picotazos, porque ya veo que entre ellos no actúan de otro modo».

La fábula muestra que los sensatos soportan fácilmente la soberbia de los vecinos si ven que tampoco tratan bien ni a sus propios parientes.

24
LA ZORRA A LA QUE SE LE HINCHÓ EL VIENTRE

Una zorra hambrienta vio en un agujero del bosque pan y carne que se habían dejado unos pastores. Allí se metió a comer todo lo que había. Pero, como se le había hinchado el vientre, no podía salir, por lo que lloraba y se lamentaba. Otra zorra que pasaba por ahí oyó sus lamentos y se le acercó a preguntarle la causa. Al saber lo ocurrido le dijo: «Tienes que esperar hasta que vuelvas a estar igual que cuando has entrado, entonces te será fácil salir».

La fábula muestra que las dificultades las resuelve el tiempo.

25

EL ALCIÓN

El alción es un pájaro que ama la soledad y vive en el mar. Dicen que, para guardarse de las cacerías de los hombres, se hace el nido en acantilados que dan al mar. Una vez que el alción se encontraba en un promontorio se dispuso a hacer la puesta, pero vio una roca que emergía en medio del mar y fue a aovar allí. Una día que salió a buscar comida, el mar, agitado por un viento furioso, se levantó hasta el nido, lo inundó y mató a los polluelos. Cuando a su regreso se dio cuenta de lo que había ocurrido, dijo: «Miserable de mí, por querer protegerme de aquella tierra hostil huí a esta, que ha resultado ser mucho más traicionera».

También entre los hombres hay quien, para guardarse de los enemigos, sin darse cuenta va a parar con amigos mucho más peligrosos que sus enemigos.

26

EL PESCADOR QUE BATÍA EL AGUA

Un pescador pescaba en un río. Cuando hubo lanzado las redes para que contuvieran la corriente de orilla a orilla, ató una piedra con una cuerda y empezó a batir el agua con ella para que los peces se pusieran en fuga y, desprevenidos, cayeran en la trampa. Un habitante del lugar había visto lo que hacía y le acusó de enturbiar el río, de modo que no se podía beber agua limpia. Y contestó el otro: «Si no agitara el río de ese modo, ten por seguro que moriría de hambre».

También los dirigentes de los estados son, alguna vez, más eficientes si llevan la patria a la confusión.

27
LA ZORRA ANTE LA MÁSCARA

Entró una zorra al taller de un escultor y, escudriñando todos los objetos del lugar, encontró una máscara trágica. Poniéndosela enfrente dijo: «¡Anda! ¡Una sesera sin sesos!».

A los hombres de cuerpo magnífico pero desprovistos de inteligencia esta fábula les conviene.

28
EL HOMBRE IMPOSTOR

Un hombre pobre afectado por enfermedades y males varios prometió a los dioses un sacrificio de cien bueyes si lo salvaban de la muerte. Los dioses, para ponerlo a prueba, lo curaron enseguida. Cuando el hombre se hubo recuperado, al carecer de cien bueyes verdaderos, quemó en un altar cien figuras hechas con harina, mientras decía: «He aquí la promesa, oh dioses». Los dioses, que querían devolverle el engaño, le enviaron un sueño en el que le recomendaban ir a la playa, pues allí encontraría mil áticas. El hombre, exultante de alegría, se fue corriendo a la orilla, donde lo capturaron unos piratas y, cuando estos lo vendieron, encontró las mil dracmas.

La fábula conviene a los hombres fraudulentos.

29
EL CARBONERO Y EL CARDADOR

Un carbonero estaba trabajando en casa y vio que en la casa de al lado vivía un cardador, así que fue a proponerle vivir juntos, alegando que así podrían intimar más, y pagarían menos. Pero el cardador le contestó diciendo: «Para mí sería completamente imposible, pues lo que yo blanqueo, tú lo ensucias de hollín».

La fábula muestra que los que en nada se parecen, nada pueden compartir.

30
EL NÁUFRAGO Y ATENEA

Un rico ateniense navegaba con algunos compañeros. De pronto, se originó una tormenta atroz que hizo volcar la nave. Mientras todos los demás hombres nadaban, el ateniense rezaba una y otra vez a Atenea, prometiéndole mil ofrendas si le salvaba la vida. Uno de los que había naufragado con él, nadando a su lado, le dijo: «Mientras suplicas a Atenea, mueve los brazos».

Pues, en efecto, también a nosotros nos conviene que, mientras suplicamos a los dioses, pensemos en actuar nosotros mismos.

EL HOMBRE CANOSO Y LAS DOS HETERAS

Un hombre que ya peinaba canas tenía dos amantes, una joven y una vieja. La vieja, avergonzada de tener un amante más joven, cuando estaban juntos, le arrancaba los pelos negros sin parar. La joven, para tapar que tenía un amante más viejo, le quitaba las canas. Ocurrió que entre las dos, de tanto depilarlo, lo dejaron calvo.

Así, lo desigual es siempre perjudicial.

32
EL ASESINO

Un hombre que había matado a otro era perseguido por los familiares de este. Se fue al río Nilo, donde se encontró a un lobo. Asustado, trepó a un árbol de la orilla del río para esconderse. Pero allí vio a una serpiente que enfilaba hacia él, así que se lanzó al río, donde fue recibido por un cocodrilo, que lo devoró.

La fábula muestra que para los hombres que están malditos no existe elemento donde estar a salvo: ni la tierra, ni el aire, ni el agua.

33
EL HOMBRE FANFARRÓN

Un día, un hombre que era pentatleta, al acusarle sus conciudadanos continuamente de carecer de hombría, se marchó lejos. Regresó al cabo del tiempo y, fanfarroneando, contaba el gran número de gestas viriles que había realizado en otras ciudades: en Rodas, dio un salto que ninguno de los vencedores olímpicos superaría, y afirmaba que les presentaría a los testigos que allí se encontraban, si alguna vez venían a la ciudad. Le contestó uno de los asistentes diciendo: «Pero, si esto es verdad, no necesitamos ningún testigo. Venga, esto es Rodas, salta».

La fábula muestra que si algo puede demostrarse con hechos, sobran las palabras.

34
EL HOMBRE QUE PROMETÍA LO IMPOSIBLE

A un hombre pobre, afectado por enfermedades y males varios, no le daba el médico ninguna esperanza, así que suplicaba a los dioses, prometiéndoles que si le curaban, les haría un sacrificio de cien bueyes y les dedicaría otras ofrendas. Su mujer, que estaba junto a él, le preguntó «¿Y como los vas a pagar?». Él dijo: «Pero ¿qué te crees, que voy a curarme y que los dioses me lo podrán reclamar?».

La fábula muestra que los hombres hacen promesas con facilidad cuando, en la práctica, acabarán por no cumplirlas.

35
EL HOMBRE Y EL SÁTIRO

Dicen que una vez un hombre y un sátiro hicieron una libación en señal de amistad. Y cuando llegó el invierno, y con él el frío, el hombre se acercaba las manos a la boca y les echaba el aliento. El sátiro le preguntó por qué lo hacía, y el otro le dijo que para calentarse las manos, por el frío. Más tarde, sentados a la mesa, como la comida estaba demasiado caliente, el hombre se la acercaba en pequeñas porciones a la boca y la soplaba. Al preguntarle el sátiro por qué lo hacía, contestó él que para enfriar la comida, pues estaba muy caliente. El otro le dijo: «Pues mira, renuncio a tu amistad, porque con la misma boca alejas el calor y el frío».

Pues, en efecto, también a nosotros nos conviene temer la amistad de los que tienen una disposición ambigua.

36
EL HOMBRE PÍCARO

Un hombre pícaro apostó con otro que el oráculo de Delfos mentía. Cuando llegó el día convenido, cogió un gorrión y, cubriéndolo con su túnica, se fue al templo. Se puso enfrente y preguntó si lo que tenía en sus manos estaba vivo o estaba muerto, pues tenía la intención de mostrar el gorrión vivo si le decía que estaba muerto y, si le decía que estaba vivo, de sacarlo sin aliento. El dios se percató del fraude y le dijo: «Oye, para, pues de ti depende que lo que tienes esté vivo o esté muerto».

La fábula demuestra que no se puede manipular a la divinidad.

37
EL HOMBRE CIEGO

Un hombre ciego acostumbraba a identificar a través del tacto todo animal que pasaba por sus manos. Una vez le dieron un lobezno y cuando lo hubo palpado, dijo, dudoso: «No sé si es una cría de loba o de zorra, o de un animal parecido. Pero sí reconozco claramente que no conviene llevarlo con un rebaño de ovejas».

Así, a menudo, el cuerpo hace visible la disposición de los malvados.

EL LABRADOR Y EL LOBO

Un labrador liberó la yunta para llevar a los bueyes al abrevadero. Un lobo hambriento, falto de comida, encontró el arado. Primero se puso a lamer el contorno del yugo de modo que, poco a poco, iba metiendo en él su cuello, hasta que al final ya no podía sacarlo. Así pues, arrastraba el arado por el surco, y cuando volvió el labrador, lo vio y le dijo: «Ay, mala cabeza, ¡si dejaras las malhechuras y los crímenes para trabajar el campo!».

Así, los hombres malvados, aunque aparenten honestidad, no son de fiar por su carácter.

39

LA GOLONDRINA Y LOS PÁJAROS

Tan pronto como brotó el muérdago, una golondrina se dio cuenta del peligro que acechaba a las aves. Así que reunió en asamblea a todos los pájaros y les propuso talar los robles que tuvieran muérdago o, si no podían, recurrir a los hombres y suplicarles que no se valieran de la acción del muérdago para cazarlas. Pero todos se rieron, como si hubiera proferido sandeces. Así que acudió y suplicó ayuda a los hombres, que la acogieron por su sagacidad y le permitieron vivir con ellos. Así sucedió que los hombres cazaron a los otros pájaros y se los comieron, y solo pudo escaparse la golondrina, que anidó en sus casas libremente.

La fábula muestra que, con razón, los precavidos se escapan de los peligros.

EL ASTRÓNOMO

Un astrónomo tenía la costumbre de salir cada noche a observar las estrellas. Una noche, andaba por las afueras con toda su atención puesta en el cielo y sin darse cuenta se cayó en un pozo. Como se lamentaba y gritaba, uno que pasaba por allí cerca oyó las quejas y se aproximó al pozo. Cuando hubo comprendido lo ocurrido, le dijo: «Anda, tú, como intentas mirar lo que hay en el cielo, ¡no ves lo que hay en la tierra!».

Esta fábula conviene a aquellos hombres que fanfarronean de su fama, pero son incapaces de llevar a cabo los quehaceres ordinarios de los hombres.

LA ZORRA QUE ACARICIABA A UN CORDERO Y EL PERRO

Una zorra se metió en un rebaño de ovejas, cogió a uno de los corderos que mamaban y fingía mimarlo. Un perro le preguntó: «¿Qué haces?». «Lo cuido —dijo ella—, y juego con él.» Y dijo el perro: «Pues si no sueltas ahora mismo al cordero, jugaré contigo a los perros».

Al hombre ladrón, sin escrúpulos y estúpido le conviene esta fábula.

EL CAMPESINO Y SUS HIJOS

Un campesino que estaba a punto de morir quería que sus hijos aprendieran las labores del campo. Los convocó y les dijo: «Hijos, en una de mis viñas yace un tesoro». Después de su muerte, cogieron los arados y las horcas y labraron todo el terreno. El tesoro no lo encontraron, pero la viña les ofreció a cambio una cosecha extraordinaria.

La fábula muestra que el trabajo es el tesoro de los hombres.

43
LAS RANAS QUE BUSCABAN AGUA

Dos ranas rondaban buscando un lugar donde quedarse, pues su estanque se había secado. Fueron a parar cerca de un pozo, y una de ellas propuso saltar sin más. La otra dijo: «Pero ¿y si aquí el agua también se ha secado? ¿Cómo vamos a subir?».

La fábula nos enseña que no hay que darse a las cosas sin antes considerarlas.

44
LAS RANAS QUE PIDIERON UN REY

Unas ranas que sufrían por carecer de gobierno mandaron embajadores a Zeus para pedirle que les proporcionara un rey. Él, que se percató de lo necias que eran, tiró un palo al estanque. Primero, las ranas, asustadas por el estruendo, se echaron al fondo del estanque. Sin embargo luego, como el palo no se movía, salieron a la superficie, y lo menospreciaban tanto que trepaban por él y se le sentaban encima. Indignadas por tener un rey tal, se presentaron una segunda ante Zeus y le pidieron cambiarlo por otro monarca, pues el primero era demasiado flemático. Entonces Zeus, irritado, les mandó una hidra que las reunió a todas y las engulló.

La fábula muestra que es mejor tener monarcas flemáticos pero sin maldad, que agitadores y corruptos.

45
LOS BUEYES Y EL EJE

Unos bueyes tiraban de un carro. Chirriaba el eje y ellos, volviéndose, le dijeron: «Oye, ¿somos nosotros los que llevamos todo el peso y tú el que te quejas?».

También entre los hombres están los que, mientras otros trabajan duro, fingen sufrir.

46
EL BÓREAS Y HELIOS

El Bóreas y Helios discutían acerca de su poder. Resolvieron conceder la victoria a aquel que consiguiera desnudar a un caminante. Empezó el Bóreas, virulento. Como el hombre se sujetaba la ropa, tuvo que soplar más y más fuerte, hasta que el caminante, afectado por el frío, se puso más ropa encima. Ante el fracaso, el Bóreas le dejó paso a Helios. En un principio, relucía con moderación. Pero cuando el hombre se quitó la ropa que se había puesto de más, incrementó el calor, hasta que aquel no pudo resistir el bochorno y, desnudándose, fue a bañarse en un río que corría por allí cerca.

La fábula muestra que es más eficaz la persuasión que la violencia.

EL NIÑO QUE VOMITÓ LAS ENTRAÑAS

Unos que estaban sacrificando bueyes en el campo invitaron a sus vecinos. Entre ellos, había una mujer pobre que iba con su hijo. Durante el tiempo que duró el banquete, el niño se hartó de entrañas y de vino, por lo que se le había hinchado el vientre y estaba indispuesto. Dijo «Madre, que vomito mis entrañas», y ella le contestó: «No son las tuyas, hijo, son las que te has comido».

Así, la fábula es adecuada para los deudores, que aceptan enseguida lo ajeno, y cuando tienen que devolverlo les duele como si entregaran sus propios bienes.

48

EL RUISEÑOR Y EL MURCIÉLAGO

Una noche cantaba un ruiseñor en una jaula colgada de una ventana. Un murciélago que había escuchado su voz se le acercó para preguntarle por qué durante el día permanecía en silencio y en cambio, por la noche, cantaba. Le contestó el ruiseñor que no lo hacía sin razón, pues antes, cuando cantaba de día, lo habían capturado, por lo que se había vuelto más prudente. Y le contestó el murciélago: «¡Pero ahora ya no te sirve de nada, era antes de que te apresaran cuando debías tener cuidado!».

La fábula muestra que no sirve de nada rectificar cuando ya se ha caído en desgracia.

EL VAQUERO QUE PERDIÓ A UN TERNERO Y EL LEÓN

Un vaquero que pasturaba a su manada de toros perdió a un ternero. Hizo una ronda, pero no lo encontró, así que prometió a Zeus sacrificarle un cabrito si encontraba al ladrón. Había el vaquero entrado en un bosque cuando vio a un león devorando al ternero. Muerto de miedo, extendió las manos al cielo y dijo: «Zeus, señor, antes he prometido sacrificar un cabrito si encontraba al ladrón, ¡pues ahora sacrificaré un toro si huyo de las garras del ladrón!».

Esta fábula alecciona a los hombres con mala fortuna que cuando sufren una pérdida, suplican encontrarla, pero si dan con ella, piden rehuirla.

LA COMADREJA Y AFRODITA

Una comadreja se enamoró de un joven bien plantado, por lo que suplicó a Afrodita cambiar su aspecto, parecer una mujer. La diosa se compadeció de su pasión y le cambió la apariencia por la de una joven de buen ver. Cuando la vio el joven también se enamoró, y se la llevó a casa. Estaban echados en el tálamo cuando Afrodita, que quería saber si la comadreja, con la transformación del cuerpo, también había mudado el carácter, soltó un ratón en medio de la habitación. La comadreja, olvidando su aspecto, se levantó de la cama y persiguió al ratón, deseosa de devorarlo. La diosa, irritada, le restituyó su antigua apariencia.

También los hombres malvados por naturaleza, aunque muden su apariencia, no cambian de carácter.

EL CAMPESINO Y LA SERPIENTE

Una serpiente se acercó reptando y mató al hijo de un campesino. Este, terriblemente afectado, cogió un hacha y se fue delante del nido a hacer guardia, atento, a fin de golpearla justo cuando saliera. Se asomó la serpiente, y el campesino dio un hachazo, pero erró el golpe y partió en dos una piedra que había al lado. Así que, cauto por lo que podía suceder, le pidió que se reconciliaran. Y la serpiente dijo: «Pero yo no puedo ser benévola contigo viendo esta piedra troceada, y tú tampoco conmigo si miras la tumba de tu hijo».

La fábula muestra que las grandes enemistades no tienen fácil reconciliación.

EL CAMPESINO Y LOS PERROS

Un campesino se confinó en su granja por la llegada del invierno. Como no podía salir, pero necesitaba alimentarse, primero se comió a las ovejas. Luego, como el invierno seguía, devoró a las cabras. Después, como el tiempo no mejoraba, recurrió a los bueyes de labranza. Los perros, al ver lo que sucedía, se decían unos a otros: «Tenemos que irnos de aquí, porque si el dueño no ha dejado ni a los bueyes con los que trabaja, ¿como va a perdonarnos la vida a nosotros?».

La fábula enseña que hay que guardarse bien de los que no libran de sus malas acciones ni a sus parientes.

LOS HIJOS PELEADOS DEL CAMPESINO

Los hijos de un campesino se habían peleado. Como después de muchos consejos no había podido convencerles de palabra de que cambiaran de idea, pensó que era necesario recurrir a la práctica. Les mandó que le llevaran un manojo de cañas. Cumplida la orden, primero les ató las cañas y les exhortó a partirlas. Como no podían ni haciendo mucha fuerza, el campesino desató el manojo y entregó una sola caña a cada uno. Como les fue fácil romperlas, les dijo: «Pues también vosotros, hijos míos, si os reconciliáis, seréis invencibles para los enemigos. Pero si seguís peleados, sois vulnerables».

La fábula muestra que tan resistente es la concordia como fácil de derrocar la discordia.

LOS CARACOLES

El hijo de un campesino asaba caracoles. Como les oía crepitar, dijo: «Sois unos animales terribles, vuestras casas están en llamas y os ponéis a cantar».

La fábula muestra que todo lo que se hace a deshora es reprochable.

LA MUJER Y LAS CRIADAS

Una mujer viuda muy exigente con el trabajo despertaba a sus criadas cuando cantaba el gallo, todavía de noche, para que se pusieran a trabajar. Ellas, exhaustas de no gozar de pausa alguna, convinieron en estrangular al gallo de la casa, la causa de sus males, pues era quien despertaba a la señora a medianoche. Pero ocurrió que, al hacerlo, empeoraron sus males, porque la señora, como no podía saber por el gallo la hora, las hacía levantar todavía más temprano.

También los deseos de muchos hombres se convierten en la causa de sus males.

56
LA MUJER MAGA

Una maga se dedicaba a anunciar hechizos y encantamientos para aplacar la ira de los dioses, y no se ganaba mal la vida. Algunos la acusaron de abrir nuevas vías en lo que concierne a la divinidad, así que la llevaron ante la justicia y la condenaron a muerte. Uno que vio cómo la llevaban a los tribunales, dijo: «Tú, que proclamabas disuadir la cólera de los dioses, ¿cómo puedes ser incapaz de convencer a los mortales?».

Esta fábula conviene a la mujer impostora, que promete grandes hazañas pero que es incapaz de llevar a cabo lo más corriente.

57
LA VIEJA Y EL MÉDICO

Una mujer anciana, enferma de los ojos, llamó a un médico a sueldo. Acudió el médico y mientras la ungía, como permanecía con los ojos cerrados, le iba hurtando todos sus enseres. Cuando se lo hubo llevado todo, le pidió a la anciana, ya curada, los honorarios que le correspondían. Al negarse ella a pagar, la llevó ante los arcontes. La anciana dijo que él habría recibido sus honorarios si realmente le hubiera curado los ojos, pero que ahora, despés de la terapia, estaba peor. Dijo: «Antes veía todos los enseres de la casa, y ahora no puedo ver ninguno».

Así, los hombres malhechores, por codicia, no se dan cuenta de que llevan contra sí la prueba de su crimen.

58
LA MUJER Y LA GALLINA

Una mujer viuda tenía una gallina que ponía un huevo al día, por lo que supuso que, si le echaba más comida, pondría dos al día. Pero cuando lo hizo, ocurrió que la gallina engordó y ya nunca más puso ninguno.

La fábula muestra que muchos hombres, por codicia, deseosos del exceso, arruinan lo que ya tenían.

59
LA COMADREJA Y LA LIMA

Una comadreja que entró en el taller de un herrero se puso a lamer una lima que allí se encontraba. Ocurrió que al rasparse la lengua le sangraba mucho. Pero ella se alegraba, pues pensaba que se la sacaba al hierro, hasta que perdió la lengua completamente.

La fábula es para aquellos que en su ansia de ganar, se perjudican a sí mismos.

EL VIEJO Y LA MUERTE

Una vez, un viejo que había cortado leña, la transportaba a pie por un largo camino. A causa del cansancio, dejó la carga y llamó a la Muerte. Apareció la Muerte y le preguntó por qué la había llamado, y el viejo le dijo: «Para que me lleves la carga».

La fábula muestra que todos los hombres aman la vida, aunque la vivan en desdicha.

61

EL CAMPESINO Y LA FORTUNA

Un campesino encontró oro cavando la tierra, así que todos los días ofrendaba coronas a la Tierra porque le era favorable. Hasta que una vez se le apareció la Fortuna y le dijo: «¿Por qué devuelves a la Tierra lo que me pertenece, si he sido yo la que te ha hecho regalos con la voluntad de hacerte rico? Y es que, además, si la ocasión cambiara de tercio y se terminara, comportando así que sufrieras necesidades, no culparías a la Tierra, sino a la Fortuna».

Nos enseña la fábula que es necesario saber quien nos es favorable y darle las gracias.

62

LOS DELFINES Y EL GOBIO

Unos delfines y unas ballenas luchaban entre sí. La disputa era cada vez más violenta, hasta que un gobio emergió a la superficie e intentó resolver el conflicto. Uno de los delfines le interrum-

pió diciendo: «Pues mira, para nosotros es más soportable pelearnos y luchar los unos contra los otros que aceptarte a ti como
mediador».

También hay hombres que, no valiendo nada, se entrometen en un conflic-
to, y aún se creen ser alguien.

63
DÉMADES EL ORADOR

Una vez, Démades el orador estaba dando un discurso en Atenas.
Como no le prestaban atención alguna, les pidió a los atenienses si
le dejarían contar una fábula de Esopo. Accedieron, así que empezó a contarla: «Deméter, una golondrina y una anguila andaban
por un camino. Cuando se encontraron un río enfrente, voló la
golondrina, se sumergió la anguila». Y habiendo dicho esto, se calló. Le preguntaron «¿Y qué hizo Deméter?», y él dijo: «Pues enfadarse con vosotros, que dejáis los asuntos de la ciudad para escuchar una fábula de Esopo».

También hay hombres desconsiderados que descuidan las necesidades por
preferir el placer.

64
EL HOMBRE AL QUE LE MORDIÓ UN PERRO

Uno al que le había mordido un perro andaba buscando a alguien
que lo curara. Uno le dijo que lo que le convenía era mojar pan
en la sangre y que se lo tirara al perro que le había mordido. Le
contestó el hombre diciendo: «¡Pero si hago esto todos los perros
de la ciudad querrán morderme!».

Así, usar de anzuelo la maldad de los hombres provoca males aún mayores.

65
LOS CAMINANTES Y EL OSO

Dos amigos andaban por un camino. Se les apareció un oso y uno de ellos se adelantó, trepó a un árbol y permaneció allí escondido. El otro, presa fácil, se tiró al suelo y se hizo el muerto. El oso le acercó el hocico y lo olfateaba, pero él aguantaba la respiración, porque dicen que este animal no ataca a los cadáveres. Al marcharse el oso, le preguntó el del árbol qué le había dicho el oso al oído. Contestó: «Que no ande de ahora en adelante con amigos de este tipo, que no te acompañan ante el peligro».

La fábula muestra que las desgracias ponen a prueba a los verdaderos amigos.

66
LOS JÓVENES Y EL CARNICERO

Dos jóvenes estaban comprando carne en un puesto. El carnicero estaba distraído, así que uno iba hurtando vísceras y las echaba en el bolsillo del otro. El carnicero se giró y las echó en falta, por lo que acusó a los jóvenes. El que las había cogido, juraba no tenerlas, mientras que el que las tenía, no haberlas cogido. El carnicero se percató de la artimaña y les dijo: «Que juréis en falso, a mí se me podría escapar, pero a los dioses no se les escapa».

La fábula muestra que la impiedad del juramento en falso es la misma, aunque se la burle con sofismas.

LOS CAMINANTES Y EL HACHA

Dos caminaban por un camino. Uno de ellos encontró un hacha, y su compañero dijo «¡Hemos encontrado un hacha!», pero le contestó que no dijera «hemos encontrado», sino «has encontrado». Poco después, se les iban acercando los que habían perdido el hacha, así que el que sostenía el hacha, al verse perseguido, le dijo a su acompañante: «¡Estamos perdidos!». Y el otro contestó: «No, tú estás perdido, pues cuando has encontrado el hacha, no la has compartido conmigo».

La fábula muestra que los que no participan de la buena suerte, tampoco son amigos fieles en la desgracia.

LOS ENEMIGOS

Dos enemigos navegaban en el mismo barco. Como querían guardar mucha distancia entre ellos, uno fue hacia la proa y el otro hacia la popa, y allí se quedaron. Les sorprendió un temporal atroz y, como el barco zozobraba, el que estaba en la popa preguntó al capitán qué lado del casco corría el peligro de hundirse primero, y le dijo: «El de proa». Respondió el hombre: «Pues no me será dolorosa la muerte, si antes veo ahogarse a mi enemigo».

Así, hay hombres a los que, a causa de la hostilidad, les place sufrir algún mal si a cambio ven al otro en desgracia.

LAS RANAS VECINAS

Dos ranas eran vecinas. Una vivía en un estanque profundo, apartado del camino, y la otra, como vivía en el camino, apenas tenía agua. Cuando la del estanco exhortó a la otra a mudarse con ella para compartir una vida mejor y más segura, no quedó convencida, y decía que le era difícil separarse del lugar al que estaba acostumbrada. Y allí se quedó, hasta que un día un carruaje le pasó por encima y la mató.

También hay hombres que desperdician el tiempo en ocupaciones penosas, por lo que, antes de poder disfrutar de otras mejores, les sorprende la muerte.

LA ENCINA Y EL JUNCO

Una encina y un junco discutían quién era más robusto. Y entonces, se levantó un viento iracundo. El junco se doblaba e inclinaba con cada golpe de viento y así evitó el desarraigo; pero a la encina, que resistía erguida, el viento la arrancó de raíz.

La fábula muestra que no conviene, con los que son más fuertes, discutir ni resistirse.

EL HOMBRE COBARDE QUE SE ENCONTRÓ UN LEÓN DE ORO

Un hombre cobarde y avaricioso se encontró con un león de oro y dijo: «No sé qué me va a pasar en esta situación. Me abandona la razón, no sé cómo manejarlo: estoy dividido entre mi amor por la riqueza y mi cobardía natural. Pero ¿por qué azar, o por qué divinidad, ha sido creado un león de oro? Mi alma guerrea con ella misma por lo que sucede: si bien amo el oro, también me asusta el objeto que es de oro. El deseo me lleva a tocarlo, pero mi carácter me frena. ¡Oh, fortuna que me das lo que no me permites coger! ¡Oh, tesoro que no da placer! ¡Oh, gracia divina convertida en desgracia! Y así, ¿qué? ¿Qué hago? ¿Cómo voy a sacar provecho? ¿Con qué podría acercarme? Voy a buscar a mis criados, los traeré aquí y les mandaré que lo cojan. Con esta gran cantidad de aliados yo, desde lejos, seré el espectador».

La fábula es adecuada para el rico que no tiene coraje para acercarse ni hacer uso de su riqueza.

72
EL APICULTOR

Fue uno a la casa de un apicultor cuando este no estaba y le robó la miel y los panales. A su regreso, vio el apicultor los ruscos vacíos y se puso a examinarlos. Las abejas volvieron de su pastura y al encontrarle allí, le picaron con los aguijones por todo el cuerpo, provocándole un dolor terrible. Él les dijo: «Malditos animales, que estabais lejos y habéis dejado que el ladrón de vuestros panales se marchara impune, y me picáis a mí, que cuido de vosotras».

También algunos hombres, por ignorancia no se guardan de sus enemigos, sino que se apartan de sus amigos como si los hubieran traicionado.

EL DELFÍN Y EL MONO

Es costumbre de los navegantes llevarse perros de Malta y monos para entretenerse durante el viaje. Así pues, uno que iba a emprender un viaje embarcó con un mono y ocurrió que, cuando se encontraban delante de Sunión (que es un cabo del Ática), se originó una tormenta atroz. Volcó la nave, pero todos se mantenían a flote nadando, y hasta el mono nadaba. Un delfín lo vio y, pensando que se trataba de un hombre, emergió y lo transportó. Cuando se encontraron delante del Pireo, el puerto de Atenas, le preguntó el delfín si era ateniense. El mono contestó que provenía de un linaje ilustre del lugar, así que el otro le hizo una segunda pregunta: si conocía el Pireo. El mono, suponiendo que se refería a un hombre, dijo que resultaba ser amigo y vecino suyo. El delfín, irritado por las mentiras del otro, lo sumergió y lo mató.

A los hombres mentirosos conviene esta fábula.

EL CIERVO EN LA FUENTE

Un ciervo sediento llegó a una fuente. Después de beber, miraba su reflejo en el agua, y se enorgulleció de su cornamenta, viendo su magnitud y hermosura; pero sintió una terrible decepción por sus patas, que eran enclenques y débiles. Pensaba todavía en eso cuando apareció un león que quería darle caza. El ciervo se puso en fuga y le sacó mucha ventaja. Así, mientras la llanura estuvo despejada, el ciervo podía salvarse corriendo a la avanzadilla, pero en el momento en que entró en un bosque, ocurrió que su cornamenta quedó atrapada en las ramas, y como no podía correr fue capturado. A punto de morir, dijo para sus adentros: «Desgraciado de mí, pensaba que me fallaría lo que me salvaba, y sin embargo me ha perdido en lo que confiaba con fuerza».

Así, a menudo, en el peligro, los amigos de quien se sospechaba resultan ser la salvación y, en cambio, fallan aquellos en quien más se confiaba.

75
EL CIERVO TUERTO

Un ciervo al que le faltaba un ojo llegó a una playa y se puso a pasturar: con el ojo sano pendiente de la tierra, al acecho de los cazadores, y el mutilado hacia el mar, pues del mar no esperaba ningún peligro. Entonces, unos que navegaban por allí lo vieron y dieron en el blanco. Mientras se desvanecía, dijo para sus adentros: «Qué miserable soy, pues guardándome de la tierra como de una traidora, he obtenido mucho más dolor del mar, en el que me refugiaba».

Así, a menudo, a causa de nuestros prejuicios, nos encontramos con que nos ayuda aquello que suponíamos perjudicial, y nos hace sucumbir lo que creíamos que nos salvaría.

76
EL CIERVO Y EL LEÓN EN LA CUEVA

Un ciervo que huía de unos cazadores llegó a una cueva en la que había un león, y entró a esconderse. Lo capturó el león, y mientras moría dijo el ciervo: «Qué desafortunado soy, que, huyendo de los hombres, me he puesto yo solo en las garras de una fiera».

También algunos hombres, por miedo a peligros nimios, se meten en males enormes.

EL CIERVO Y LA CEPA

Un ciervo, acechado por unos cazadores, se escondió en una cepa. Cuando los cazadores pasaron de largo, corriendo, el ciervo empezó a devorar las hojas de la cepa. Pero uno de los cazadores se giró, lo vio y lo hirió tirándole un dardo que llevaba. A punto de finar, gimiendo, se dijo el ciervo: «Sufro lo que es justo, pues yo he sido injusto con la cepa que me ha salvado».

La fábula alecciona a los hombres que, injustos con sus bienhechores, son castigados por los dioses.

78

LOS NAVEGANTES

Unos que habían embarcado en una nave zarparon. Cuando se encontraban en alta mar, ocurrió que se originó una tormenta atroz, y fue de poco que la nave no se hundiera. Uno de los navegantes, rasgándose las vestiduras, invocaba a los dioses patrios con llantos y lamentaciones, y les prometía ofrendas a cambio de salvarle. Cuando amainó la tormenta y volvió la calma, se lanzaron a la celebración; danzaban y saltaban como si hubieran escapado de lo inesperado. El capitán tomó la palabra y, firme, les dijo: «Amigos, debemos alegrarnos, sí, pero como si por azar la tormenta pudiera volver».

La fábula enseña a no exaltarse sobremanera por la buena suerte, pues hay que tener presente la mutabilidad de la fortuna.

LA COMADREJA Y LOS RATONES

En una casa había muchos ratones, y allí se fue una comadreja al enterarse. Los capturaba y comía uno a uno, y los ratones, agotados de tanta captura, se metieron en sus ratoneras. La comadreja, que ya no podía llegar a ellos, se dio cuenta de que debía ingeniárselas para reunirlos fuera, así que se subió a un poste, se colgó y se hizo la muerta. Uno de los ratones, al verla, dijo: «A ti, ni que te convirtieran en un saco, no me acercaría».

La fábula muestra que los hombres prudentes, cuando han experimentado la depravación de algunos, ya nunca más vuelven a creer en sus engaños.

LAS MOSCAS

Se derramó la miel en una despensa y unas moscas se lanzaron a comerla. Por no renunciar a la dulzura del fruto, se les quedaron las patas pegadas y no pudieron emprender el vuelo. Moribundas, decían: «Desgraciadas de nosotras, que morimos por un breve placer».

Así, para muchos, la glotonería es la causa de grandes males.

EL MONO ELEGIDO REY Y LA ZORRA

En una asamblea de animales irracionales eligieron rey al mono, pues tenía buena reputación. Una zorra, envidiosa, al ver dispuesta una trampa con carne, condujo allí al mono alegando que había encontrado un tesoro; que ella, en vez de sacarle provecho, se lo había guardado como honor de rey, y le animó a cogerlo. Sin darse cuenta, el mono se acercó y fue capturado por la trampa. Acusó a la zorra de haberle preparado una emboscada, y ella contestó: «Mono, con tu inteligencia, ¿quieres ser el rey de los animales?».

Así, los que se embarcan en acciones sin pensar, merecen la desgracia y el ridículo.

82
EL ASNO, EL GALLO Y EL LEÓN

Estaban un asno y un gallo en una granja. Un león hambriento entró cuando vio el asno, y estaba a punto de devorarlo cuando, a causa del ruido, el gallo cantó. El león, asustado —pues dicen que la voz de los gallos asusta a los leones—, escapó. El asno, dándose prisa por el miedo que el león tenía al gallo, salió y lo persiguió. Y el león, cuando ya estaban lejos, se lo comió.

También algunos hombres se envalentonan al ver vejados a sus enemigos, y mueren presa de ellos.

83
LA DANZA DEL MONO Y EL CAMELLO

En una asamblea de animales irracionales, el mono se puso en pie y danzó. Como causó muy buena impresión y todos le aplaudieron, el camello, envidioso, quiso conseguir lo mismo. Así que se levantó y se puso a danzar. Lo hizo muy mal, por lo que los animales, irritados, lo echaron a garrotazos.

A los que por envidia rivalizan con los mejores y que por este motivo tan solo consiguen fracasar, conviene esta fábula.

84

LOS DOS ESCARABAJOS

En un islote pasturaba un toro, y dos escarabajos se alimentaban de sus excrementos. Cuando llegó el invierno, uno dijo a su compañero que le gustaría volar a tierra firme, pues así, quedando solo uno, le bastaría la comida. Él se iría a pasar el invierno a otro lugar, y añadió que si encontraba pasto en abundancia se lo traería. Al llegar tierra adentro, encontró muchos excrementos, y frescos, así que se quedó allí a alimentarse. Cuando pasó el invierno, voló de regreso a la isla. Cuando el otro lo vio radiante y saludable, le recordó su promesa y le reprochó no haberle traído nada. Le dijo él: «No me culpes a mí, sino a la naturaleza del lugar, pues de allí solo se come, no se puede sacar nada».

Esta fábula encaja con aquellos que ofrecen amistad solo hasta donde llega la comida pero que, más allá, no sirven para nada a sus amigos.

85

EL CERDO Y LAS OVEJAS

En un rebaño de ovejas se metió un cerdo a pacer. Un día, el pastor lo capturó y el cerdo chillaba y forcejaba. Las ovejas se quejaron por los chillidos y le dijeron «Pues a nosotras nos captura y ni nos afecta ni chillamos», y les contestó el cerdo: «Pero mi captura no es como la vuestra, pues a vosotras os caza para la lana o la leche, y a mí para la carne».

La fábula muestra que se lamentan con razón aquellos que tienen en peligro, no sus riquezas, sino su salvación.

86
EL TORDO EN LA MURTA

En una murta pastaba un tordo, y no se marchaba por la dulzura de sus frutos. Al verlo ahí bien aposentado, un cazador de pájaros lo cazó lanzándole una liga. A punto de morir, dijo el tordo: «Desgraciado de mí, que por la dulzura del alimento me toman la vida».

Al hombre derrochador que se pierde por el placer conviene esta fábula.

87
LA OCA DE LOS HUEVOS DE ORO

Hermes, como uno lo había venerado extraordinariamente, le ofrendó con una oca que ponía huevos de oro. Este, sin esperar a que le sirviera de a pocos, supuso que la oca estaba llena de oro y la sacrificó sin vacilar. Ocurrió que no solo erró en su suposición, sino que perdió los huevos, pues encontró que por dentro estaba llena de carne.

Así, a menudo los avariciosos, por desear tener más, pierden hasta lo que tienen en sus manos.

88
HERMES Y EL ESCULTOR

Hermes quería saber en qué grado lo valoraban los hombres, así que tomó forma humana y fue al taller de un escultor. Cuando vio una escultura de Zeus, preguntó: «¿Cuánto vale?». «Un dracma», respondió el otro. Riéndose, preguntó: «¿Y cuánto es la de Hera?». Le contestó que aún más. Cuando vio su propia estatua supuso que, siendo él mensajero y protector del comercio, los hombres le valorarían mucho, así que preguntó «Y la de Hermes, ¿cuánto?», y le respondió el escultor: «Si compras las otras, te la regalaré».

Al hombre vanidoso por quien los demás no sienten respeto alguno.

89
HERMES Y TIRESIAS

Hermes quería probar si el oráculo de Tiresias era de verdad, así que le robó los bueyes del campo. Luego, tomando forma humana, se fue con él a la ciudad y se hospedó en su casa. Cuando le comunicaron a Tiresias que había perdido su yunta, se llevó a Hermes hacia las afueras para considerar un auspicio por el robo, y le instó a anunciarle cada pájaro que viera. Hermes vio primero un águila que volaba de izquierda a derecha, y se lo dijo. Pero Tiresias dijo que esta no era para ellos. Después vio un cuervo aposentado en un árbol, que ahora miraba hacia arriba, ahora bajaba la mirada, y se lo mostró. Tiresias, en respuesta, dijo: «Pues asegura el cuervo al cielo y a la tierra que, si tú quieres, recuperaré mis bueyes».

A esta fábula a uno le serviría de cara a un ladrón.

90
LA VÍBORA Y LA HIDRA

Una víbora solía beber en un manantial. Una vez, una hidra que allí vivía se lo impidió, irritada porque no se abasteciera en el propio pasto sino que fuera también a su casa. Como la rivalidad iba en aumento, concluyeron luchar entre ellas y que el pasto de la tierra y del agua fuera para la vencedora. En la fecha convenida, las ranas, como odiaban a la hidra, se pusieron del lado de la víbora y la alentaban prometiéndole ser sus aliadas. Empezada la lucha, arremetió la víbora contra la hidra, y las ranas, que no podían hacer nada más, croaban bien alto. Al vencer la víbora, la serpiente las acusó, no solo de no haberla ayudado durante la lucha, sino de habérsela pasado cantando. Ellas le dijeron: «Bien sabes que nuestra lucha no se lleva a cabo con las manos, sino solo con la voz».

La fábula muestra que cuando son necesarias las manos, la ayuda de las palabras no sirve para nada.

91
EL ASNO JUGUETÓN Y SU AMO

Tenía uno un perro maltés y un asno, y continuamente jugaba con el perro; al salir a comer fuera, le traía algo y se lo tiraba cuando el perro se le acercaba moviendo el rabo. El asno, envidioso, corrió desbocado hacia él y le dio una coz. El amo, irritado, mandó pegarle, llevárselo y atarlo al pesebre.

La fábula muestra que no todos nacen para lo mismo.

92
LOS DOS PERROS

Tenía un hombre dos perros: a uno le enseñó a cazar y al otro a guardar la casa. Cuando el perro cazador salía al campo y capturaba algo, el hombre también le tiraba un pedazo de la presa al otro. Irritado el cazador, le reprochó al guardián que mientras él siempre salía y trabajaba duro, él no hacía nada y se alimentaba de su esfuerzo. Le contestó el otro: «Pero no me culpes a mí, sino a quien me ha enseñado a no esforzarme y a comer del esfuerzo ajeno».

Tampoco los niños gandules son culpables, pues sus padres los han educado así.

93
LA VÍBORA Y LA LIMA

Entró una víbora en el taller de un herrero y mendigaba a las herramientas. Habiendo conseguido de las otras, llegó a la lima, y le pidió que le diera algo. Esta le contestó diciendo: «Tonta eres si piensas conseguir algo de mí que no doy, sino que acostumbro a rascar de todos».

La fábula muestra que son estúpidos los que piensan sacar provecho de los avariciosos.

94
EL PADRE Y LAS HIJAS

Uno que tenía dos hijas dio una en matrimonio a un jardinero y la otra a un ceramista. Pasado un tiempo, fue a la del jardinero y le preguntó cómo estaba y cómo estaban las cosas entre ellos. Ella le contestó que todo estaba en orden, pero que rezara a los dioses por que llegara el invierno para que la lluvia regara las plantas. No mucho después, visitó también a la del ceramista y le preguntó cómo estaba. Ella dijo que no se encontraba en necesidad de nada, solo que rezara para que durara el buen tiempo y así el calor del sol secara la cerámica, y le dijo el padre: «Si tú deseas el buen tiempo y tu hermana el invierno, ¿como voy a rezar por ambas?».

Así, los que tienen distintos asuntos entre manos fallan en todos.

95
EL HOMBRE Y LA MUJER MALCARADA

Tenía uno una mujer que era muy malcarada con todo el mundo, y quería saber si también sería igual con los esclavos paternos. Así que la mandó con algún buen pretexto a su padre. A su regreso, al cabo de pocos días, le preguntó cómo la habían recibido los criados. Ella contestó «Los vaqueros y los pastores me miraban mal», y le contestó él «Pero, mujer, si estás en desacuerdo con ellos, que sacan a los rebaños al alba y vuelven tarde, ¿qué hay que pensar de los que estaban contigo todo el día?».

Así, a menudo, se puede conocer lo que es grande por los detalles, y lo invisible por lo manifiesto.

96
LA VÍBORA Y LA ZORRA

Una víbora, enrollada en un fajo de acanto, bajaba por un río. Apareció una zorra que, al verla, le dijo: «Es merecedora la nave del marinero».

Al hombre malvado que cae en acciones nefastas.

EL CABRITO Y EL LOBO FLAUTISTA

Un lobo perseguía a un cabrito que había quedado rezagado del rebaño. Volviéndose, le dijo el cabrito al lobo: «Convencido estoy, lobo, de ser tu comida, pero para que no muera sin gloria, toca la flauta y así podré danzar». El lobo se puso a tocar la flauta y bailaba el cabrito, así que los perros lo oyeron y persiguieron al lobo. Volviéndose, el lobo le dijo al cabrito: «Me está bien empleado pues, siendo como soy carnicero, no debería haber tocado la flauta».

También los que hacen algo sin darse cuenta de lo que pasa, dejan atrás lo que tienen entre manos.

EL CABRITO QUE ESTABA EN UNA CASA Y EL LOBO

Un cabrito encima de una casa se burlaba de un lobo que pasaba por allí. Le dijo el lobo: «No eres tú el que se mofa de mí, sino el lugar».

La fábula muestra que las circunstancias dan coraje contra los que son superiores.

EL VENDEDOR DE ESTATUAS

Moldeó uno un Hermes de madera y se lo llevó al ágora para venderlo. Ningún transeúnte lo compraba y, queriendo el vendedor llamar la atención de alguien, se puso a proclamar que vendía una divinidad bienhechora que daba valiosas ganancias. Unos que pasaban por allí le dijeron: «Oye, y si es así, ¿por qué lo vendes en vez de aprovecharte de sus favores?». Contestó: «Es que yo necesito un favor rápido, y él suele tardar en procurar ganancias».

Al hombre ávido de ganancias que no se preocupa de los dioses conviene esta fábula.

100
ZEUS, PROMETEO, ATENEA Y MOMO

Zeus, Prometeo y Atenea habían modelado un toro, un hombre y una casa respectivamente. Tomaron a Momo como juez y este, envidioso de sus creaciones, empezó diciendo que Zeus se había equivocado no poniendo los ojos del toro en los cuernos para que viera donde golpeaba; que por qué Prometeo no había dejado colgando fuera el corazón del hombre, con tal de que los malos no le pasaran inadvertidos, y además fuera visible lo que cada uno tiene en mente; a la tercera, dijo que Atenea debería haber dispuesto ruedas en la casa para que, si uno tenía por vecino a un malvado, pudiera mudarse fácilmente. Y Zeus, ofendido por la envidia de Momo, lo echó del Olimpo.

La fábula muestra que nada es tan virtuoso como para que no se le pueda señalar algún fallo.

101
LA GRAJILLA Y LOS PÁJAROS

Zeus quería designar un rey para los pájaros, así que estableció una fecha para la comparecencia. La grajilla, que se sabía fea, rondaba por entre los otros pájaros recogiendo las plumas que les caían, y se las iba colocando encima. Al llegar el día, toda colorida, se presentó delante de Zeus. Cuando este estaba a punto de señalarla como reina por su buen aspecto, los pájaros, molestos, la rodearon y cada uno le arrancó la pluma que le era propia. Así ocurrió que, desplumada, volvió a ser una grajilla.

También los hombres deudores se creen ser alguien mientras tienen el dinero ajeno, pero al devolverlo resultan ser lo que eran al principio.

102
HERMES Y GEA

Cuando Zeus moldeó a los hombres y a las mujeres, mandó a Hermes que los llevara a la tierra para que, excavando, se hicieran una cueva. Mientras ellos cumplían su cometido, Gea se molestó. Como Hermes la forzaba alegando que lo había mandado Zeus, ella dijo: «Pues que excaven tanto como quieran, pero me lo van a devolver con llantos y lamentos».

A los que toman prestado con facilidad pero retornan con dolor conviene esta fábula.

103
HERMES Y LOS ARTESANOS

Zeus mandó a Hermes verter el veneno de la falsedad sobre todos los artesanos. Él lo molió y lo iba repartiendo a partes iguales. Solo le faltaba el zapatero, pero todavía le quedaba mucho veneno, así que, tomando el mortero entero, se lo echó por encima. Por este motivo, todos los artesanos mienten, pero, el que más, el zapatero.

Al hombre mentiroso conviene esta fábula.

ZEUS Y APOLO

Zeus y Apolo competían con el arco. Mientras Apolo lo tensaba y tiraba la flecha, Zeus dio un paso tan largo como el tiro de Apolo.

Así, los que rivalizan con los mejores, no llegan a donde ellos y, además, se exponen a ser el hazmerreír.

105

LA EDAD DEL HOMBRE

Zeus dio una vida breve al hombre. Pero este, haciendo uso de su inteligencia, cuando llegó el invierno se construyó una casa, y allí vivía. Un día que hacía un frío terrible y Zeus llovía, un caballo, que no lo podía resistir, fue corriendo al hombre y le pidió que lo refugiara. El hombre le dijo que no lo haría si no le daba una parte de su edad. No mucho después de que el caballo, contento, se la hubiera cedido, llegó un buey que no podía permanecer más en el frío. Del mismo modo, el hombre le dijo que no le hospedaría si antes no le ofrecía una porción de su edad. Se la dio y el hombre lo hospedó. Finalmente, llegó un perro muerto de frío y recibió cobijo a cambio de una parte de su edad. Así, sucede que los hombres, mientras están en los años que les dio Zeus, son íntegros y buenos; cuando se encuentran en la edad del caballo, son fanfarrones y altivos; cuando llegan a la edad del buey, se vuelven cansinos, y cuando terminan, en el tiempo del perro, son irascibles y gruñones.

Esta fábula conviene a algún viejo colérico y malcarado.

ZEUS Y LA TORTUGA

Cuando Zeus se casó, invitó al banquete a todos los animales. Solo la tortuga se quedó atrás. Al día siguiente, Zeus, para conocer la causa, le preguntó por qué había sido la única en no ir al festín. Le contestó ella: «La casa propia es la mejor casa». Irritado por su respuesta, le mandó ir con la casa a cuestas.

También muchos hombres prefieren vivir de manera sencilla a residir lujosamente en casa de otro.

ZEUS Y LA ZORRA

Zeus, exaltando la inteligencia y la belleza de la zorra, la designó reina de los animales irracionales. Como quería saber si, habiéndole mudado la suerte, había cambiado también su avaricia, cuando la llevaban en la litera, le puso a la vista un escarabajo. Ella, que no pudo contenerse porque aquel volaba alrededor de la litera, obró inapropiadamente y saltó para capturarlo. Zeus, irritado, la restableció en su antigua categoría.

La fábula muestra que los hombres perversos, por mucho que tomen una apariencia de lo más noble, no cambian para nada su naturaleza.

ZEUS Y LOS HOMBRES

Cuando Zeus moldeó a los hombres mandó a Hermes verter inteligencia en ellos. Este hizo partes iguales, y las repartía. Pero ocurrió que los bajos, colmados por la dosis, se hacían sensatos, y los altos, como no les llegaba el brebaje a todo el cuerpo, insensatos.

Al hombre magnífico de cuerpo, pero que carece de razón, conviene esta fábula.

109
ZEUS Y LA VERGÜENZA

Cuando Zeus moldeó a los hombres les vertió todas las cualidades, solo se le pasó por alto la Vergüenza. Como no sabía bien por dónde meterla, le mandó que entrara por el ano. En un principio ella se negó, indignada, pero como él la obligaba con vehemencia, dijo: «Yo entro con la condición de que, si algo entra detrás de mí, yo me iré de inmediato». De aquí viene que los sodomitas no tengan vergüenza.

Puede usarse esta fábula contra el hombre lascivo.

110
EL HÉROE

Uno tenía un héroe en casa al que ofrecía valiosos sacrificios. Como derrochaba y gastaba mucho en sacrificios, se le apareció una noche el héroe, y le dijo: «Para ya de arruinar tus propiedades, pues cuando lo hayas perdido todo y seas pobre, me culparás a mí».

También muchos desgraciados por su propia abulia, achacan la culpa a la divinidad.

HERACLES Y PLUTO

Cuando Heracles fue divinizado, Zeus lo invitó a un banquete. Heracles saludó amistosamente a cada uno de los dioses. Cuando Pluto entró, por último, Heracles se volvió de espaldas y bajó la mirada. Zeus, extrañado, le preguntó por qué había tratado con amabilidad a todas las divinidades, pero con menosprecio a Pluto. Le contestó: «Lo menosprecio por lo siguiente: durante el tiempo que pasé con los hombres, vi que solía juntarse con los malvados».

La fábula alecciona al hombre rico por azar, pero malvado por carácter.

112

LA HORMIGA Y EL ESCARABAJO

Era verano, y una hormiga iba por un labrado recogiendo trigo y cebada. Lo almacenaba con la intención de tener alimento en invierno. Un escarabajo la vio y quedó admirado de que se esforzara tanto, pues mientras que para ella era la estación de la fatiga, para el resto de los animales era la de estar libre de labores y descansar. En aquel momento la hormiga no dijo nada. Más tarde, cuando hubo llegado el invierno, la lluvia mojó el estiércol y el escarabajo fue a ver a la hormiga, hambriento, y le pidió que compartieran la comida. Ella le dijo: «Escarabajo, si hubieras trabajado antes, cuando me reprochabas que me fatigara, ahora no me pedirías comida».

También los que en la abundancia no piensan en el porvenir, en el cambio de estación son muy desgraciados.

EL ATÚN Y EL DELFÍN

Un delfín perseguía a un atún que escapaba zumbando. Cuando estaba a punto de ser alcanzado, el atún, del impulso, fue a parar sin querer a la orilla. De la velocidad, también el delfín salió disparado hacia allí. Cuando lo vio el atún, se volvió hacia él, moribundo, y le dijo: «No me es dolorosa la muerte si veo morir conmigo al que me la ha causado».

La fábula muestra que con facilidad llevan los hombres la desdicha cuando ven que los que se la han causado también son desgraciados.

114

EL MÉDICO EN EL ENTIERRO

Un médico, en la comitiva fúnebre de un familiar, dijo a los que iban por delante que el muerto, si hubiera dejado el vino y usado lavativas, no hubiera perecido. Uno le dijo en respuesta: «Ahora ya no es necesario que lo digas, pues no sirve de nada, haberlo aconsejado antes, cuando todavía podía hacerlo».

La fábula muestra que es necesario procurar la ayuda a los amigos cuando les es útil, y no burlarse cuando ya no hay esperanza.

115

EL CAZADOR DE PÁJAROS Y EL ÁSPID

Un cazador de pájaros se fue al campo con la liga y las cañas. Cuando vio un tordo aposentado en lo alto de un árbol, lo quiso capturar. Tenía anudadas las cañas para alcanzarlo y lo observaba con toda su atención puesta en el aire. En esta disposición, con la cabeza mirando hacia arriba, pisó sin darse cuenta un áspid que estaba dormido a sus pies. Este se dio la vuelta y le mordió. Mientras perdía la vida, decía el cazador para sus adentros: «Desdichado de mí que queriendo cazar, por descuido, soy presa de la muerte».

También los que traman conspiraciones contra sus vecinos se encuentran cayendo en la desgracia.

116
EL CANGREJO Y LA ZORRA

Un cangrejo que había salido del mar vivía solo en una playa. Una zorra hambrienta lo vio y, necesitada de alimento, lo persiguió y lo capturó. A punto de ser engullido, dijo el cangrejo: «Me merezco sufrir, por querer pertenecer a la tierra firme siendo del mar».

También los hombres que abandonan lo que les es propio por naturaleza para echar mano a lo que no les concierne en absoluto son desgraciados con razón.

117
EL CAMELLO QUE DESEABA TENER CUERNOS

Un camello vio a un toro orgulloso de sus cuernos y, envidioso, quiso conseguir unos iguales. Así que se presentó ante Zeus para pedirle que le dispensara los mismos cuernos del toro. Entonces, Zeus se irritó por no bastarle al camello el gran tamaño de su cuerpo, ni su vigor, sino que deseaba algo desmesurado. Por lo que no solo no le concedió los cuernos, sino que le arrebató parte de las orejas.

También muchos que envidian a los demás por avaricia, sin darse cuenta,
se ven privados hasta de lo que era suyo.

118
EL CASTOR

El castor es un animal cuadrúpedo que vive en los estanques. Dicen que sus genitales son útiles para algunas terapias medicinales.
Los castores conocen sus cualidades, por lo que, si alguna vez alguien los ve y los persigue, huyen hasta donde les permite la rapidez de sus pies, para salvaguardar su salud. Pero si se encuentran
acorralados, se arrancan de cuajo sus genitales y los tiran, de este
modo consiguen salvarse.

También los hombres sensatos cuando les acechan por sus riquezas las
desdeñan a fin de no poner en peligro su salvación.

119
EL JARDINERO QUE REGABA LAS PLANTAS

Uno que pasaba por delante de un jardinero que regaba sus
plantas le preguntó por qué las plantas agrestes estaban floridas
y vigorosas, mientras que las cultivadas estaban mustias y mar-
chitas. El otro le dijo: «De unas la tierra es madre, de las otras,
madrastra».

Tampoco los niños crecen igual criados por madrastras que cuando tienen a
su madre.

EL JARDINERO Y EL PERRO

El perro de un jardinero se cayó en un pozo. El jardinero quería sacarlo y se adentró en él. El perro, confuso, lo vio acercarse, se apuró por si le ahogaba y le mordió. Presa del dolor, le dijo el jardinero: «Me merezco sufrir, pues, ¿por qué si te has tirado tú tenía que procurar yo sacarte del peligro?».

Al hombre desagradecido e injusto con los bienhechores.

EL CITARISTA

Un citarista sin talento cantaba sin cesar en una casa encalada. Como su voz resonaba, él creía tenerla muy buena. Envalentonado por esto, decidió ir al teatro. Llegó a escena y, como cantó fatal, le echaron a pedradas.

También algunos oradores cuando están en la escuela se creen ser alguien, pero cuando llegan a hacer política, se encuentran que no valen para nada.

LOS LADRONES Y EL GALLO

Unos ladrones que entraron en una casa no encontraron nada a parte de un gallo, así que lo cogieron y se escaparon. Cuando estaban a punto de sacrificarlo, les pidió que lo liberaran por ser útil a los hombres, pues los despertaba de noche para que trabajaran. Le contestaron diciendo: «Pues por eso mismo te sacrificamos, porque si los despiertas nos impides robar».

La fábula muestra que lo que más en contra va de los malvados es lo más útil para los bienhechores.

123
LA GRAJILLA Y LOS CUERVOS

Una grajilla sobrepasaba en tamaño a las otras grajillas, por lo que menospreciaba a las de su especie. Así que se fue con los cuervos y les pidió convivir con ellos. Estos no reconocieron su aspecto ni su voz y la echaron a golpes. Rechazada, retornó con las grajillas que, como estaban ofendidas por su soberbia, no la aceptaron. Así ocurrió que se vio privada de ambas sociedades.

Así los hombres que abandonan su patria porque prefieren lo foráneo no son aceptados allí por extranjeros, y los rechazan además sus conciudadanos por haberlos despreciado.

124
EL CUERVO Y LA ZORRA

Un cuervo que había robado una pieza de carne estaba aposentado en un árbol. Una zorra lo vio y quiso apoderarse de la carne. Se detuvo y lo ensalzaba por sus dimensiones y belleza, diciéndole que tenía aspecto de ser el rey de las aves y que, de todas todas, lo sería si tuviera voz. Con el propósito de demostrarle que tenía voz, el cuervo se puso a dar fuertes graznidos, así que se le cayó la carne. La otra, que se apresuró a agarrar la pieza, le dijo: «Cuervo, si fueras listo, nada más necesitarías para ser el rey de todos».

Al hombre necio le conviene esta fábula.

LA CORNEJA Y EL CUERVO

Una corneja envidiaba al cuervo porque emitía oráculos y prede-
cía el futuro a los hombres, y porque ellos lo usaban de testigo.
Quería conseguir lo mismo. Cuando vio aparecer a dos caminantes, se subió a un árbol y, allí quieta, se puso a graznar. Ellos se
volvieron hacia la voz, asustados, y uno dijo: «Marchémonos, amigos, que es una corneja y sus graznidos no emiten oráculos».

*También los hombres que emulan a los mejores no solo no consiguen igua-
larlos, sino que se exponen a ser el hazmerreír.*

LA GRAJILLA Y LA ZORRA

Una grajilla hambrienta se aposentó en una higuera. Se encontró
que los higos no habían madurado todavía, así que esperó en la
higuera a que lo hicieran. Una zorra la había visto pasar ahí mucho tiempo, y al conocer la causa le dijo: «Pues te equivocas, grajilla, al guardar esperanza, pues te engaña y no da de comer».

Al hombre mentiroso conviene esta fábula.

La corneja y el perro

Una corneja que hacía sacrificios a Atenea invitó a un perro al
banquete. Él le dijo: «¿Por qué gastas sacrificios en vano, si la diosa
te odia tanto que le quitó toda la credibilidad a tus oráculos?». La

corneja respondió: «Pues porque sé de su odio le hago sacrificios, para reconciliarnos».

También muchos, por miedo, no dudan en favorecer a sus enemigos.

128
EL CUERVO Y LA SERPIENTE

Un cuervo hambriento, al ver una serpiente durmiendo en un lugar soleado, revoló y la agarró. Ella, revolviéndose, le mordió y, a punto de morir, dijo el cuervo: «Desgraciado de mí, que había encontrado una presa fácil y me ha matado».

La fábula alecciona al hombre que para encontrar un tesoro pone en peligro su vida.

129
LA GRAJILLA Y LAS PALOMAS

Una grajilla vio unas palomas muy bien alimentadas en un palomar, así que se blanqueó y fue a participar de su sociedad. Ellas, mientras no abrió el pico, la admitieron, pues la creían paloma. Pero una vez se olvidó y graznó, así que las palomas, como no reconocieron su voz, la echaron. Hambrienta, retornó con las grajillas, pero estas, que no la conocieron por el color, la apartaron de su sociedad. De este modo, buscando suerte en dos lugares, no la encontró en ninguno.

Pues, en efecto, también a nosotros tiene que bastarnos lo nuestro, pensando que la avaricia no sirve para nada, acaso para perder lo que teníamos.

EL VIENTRE Y LOS PIES

Un vientre discutía con unos pies acerca de la fuerza. Los pies argumentaban que tanto prevalecía su vigor que transportaban hasta el mismo estómago, y respondió este: «Pero si no tomara yo alimento, vosotros no podríais transportarme».

Así, en los ejércitos, es nada la muchedumbre si los generales no piensan las mejores estrategias.

LA GRAJILLA QUE ESCAPÓ

Uno capturó una grajilla, le ató una pata con un hilo y se la regaló a su hijo. La grajilla no soportaba convivir con los hombres, y en cuanto obtuvo un poco de libertad huyó a su nido. Se le enredó la cuerda con las ramas, y no podía volar. Estando a punto de morir decía para sus adentros: «Desdichada de mí, que no podía soportar ser esclava de los hombres y sin darme cuenta yo misma he sido mi perdición».

Esta fábula se dirige a aquellos hombres que, queriéndose librar de peligros tolerables, sin darse cuenta caen en grandes males.

EL PERRO QUE PERSEGUÍA A UN LEÓN

Un perro de caza vio a un león y se puso a perseguirlo. El león se volvió rugiendo, y el otro huyó hacia atrás. Una zorra que lo vio le dijo: «Qué mala cabeza, tú que persigues a un león y no soportas ni un rugido».

La fábula alecciona a los hombres arrogantes que intentan ofender a los que son mucho más fuertes, pero que cuando estos les plantan cara, enseguida se echan atrás.

133
EL PERRO QUE LLEVABA CARNE

Un perro que tenía una pieza de carne bajó al río. Cuando vio su reflejo en el agua, se confundió por otro perro que tenía una pieza de carne más grande que la suya. Por eso descuidó su propia pieza y se lanzó a conseguir la otra. Ocurrió que perdió ambas, pues una no la consiguió porque no era, y la otra porque se la llevó el río.

Al hombre codicioso conviene esta fábula.

134
EL PERRO DORMIDO Y EL LOBO

Un perro dormía delante de una granja. Un lobo lo vio y pensó en capturarlo para devorarlo. El perro le pidió que por el momento lo soltara, diciendo: «Ahora estoy flaco y débil, pero los dueños están a punto de celebrar una boda, así que si me dejas libre ahora, después me podrás devorar más cebado». Quedó convencido el lobo, y lo soltó. Volvió a los pocos días, vio al perro durmiendo en el tejado y lo llamó para recordarle el trato. Le contestó el perro: «Lobo, si algún día me ves durmiendo delante de la granja, no hace falta que esperes a la boda».

También los hombres prudentes cuando han rehuido algún peligro, se guardan en adelante de este.

135

Unos perros hambrientos vieron unas pieles en remojo en un río. Como no podían alcanzarlas, convinieron en que primero se beberían el agua, y así llegarían hasta las pieles. Ocurrió que, de tanto beber, reventaron antes de poder alcanzar las pieles.

También algunos hombres se someten a trabajos arriesgados con la esperanza de obtener ganancias, y antes de conseguir lo que querían, se pierden.

136

EL PERRO Y LA LIEBRE

Un perro cazador capturó a una liebre y ahora la mordía, ahora le lamía el morro. Harta, le dijo: «Deja de morderme o de besarme, para que sepa si te tengo de amigo o de enemigo».

Al hombre indeciso esta fábula conviene.

137

EL MOSQUITO Y EL TORO

Un mosquito llegó a los cuernos de un toro y se quedó allí largo rato. Cuando estaba por alejarse, le preguntó al toro si quería que se quedara. El otro le respondió diciendo: «Pero si no he notado que hayas llegado, tampoco notaré que te vayas».

Esta fábula es provechosa para un hombre inservible, que tanto si está presente como si está ausente no es ni útil ni perjudicial.

LAS LIEBRES Y LAS RANAS

Unas liebres tomaron conciencia de su cobardía y decidieron que debían despeñarse. Llegaron a un barranco que daba a un estanque y las ranas, al oírlas corretear, se tiraron al fondo de este. Una de las liebres, que lo había visto, dijo a las otras: «No nos despeñemos todavía, pues veréis, he encontrado unos animales aún más cobardes que nosotras».

También a los hombres las desgracias ajenas les alivian sus desdichas.

139

LA GAVIOTA Y EL MILANO

A una gaviota se le había reventado la garganta mientras devoraba a un pez, y yacía muerta en la playa. Un milano que la vio, dijo: «Te lo mereces, pues, provista como estás de alas, te procuras el alimento en el mar».

Así, los que abandonan sus quehaceres para meterse en lo que no les incumbe, es justo que sean desdichados.

140

EL LEÓN ENAMORADO

Un león se enamoró de la hija de un campesino y quería desposarla. El campesino no soportaba dar a su hija a una fiera, pero el miedo no le dejaba negarse, así que pensó esto: como el león insistía sin pausa, le dijo que le consideraba un esposo digno de su hija, pero que no se la podía entregar si antes no se arrancaba los dientes y se cortaba las garras, pues eso aterrorizaba a la chica. Accedió enseguida el león por amor, y el campesino, confiado, cuando el león se presentó, le echó a garrotazos.

La fábula muestra que los que confían en sus vecinos, cuando les han despojado de lo que tenían, son fáciles de abatir por los que antes les temían.

141
EL LEÓN Y LA RANA

Un león oyó el croar de una rana, y se volvió hacia la voz creyendo que era la de un gran animal. Se quedó a la expectativa por poco tiempo, pues cuando la vio salir del estanque, se le acercó, la pisó, y dijo: «Que nunca te asuste el oído antes que la vista».

Al hombre charlatán sin más capacidad conviene esta fábula.

142
EL LEÓN VIEJO Y LA ZORRA

Un león viejo se dio cuenta de que no podía procurarse más el alimento por la fuerza, sino que debía hacer uso de la razón. Así que un día entró en una cueva y se echó, haciéndose el enfermo. De este modo, capturaba a los animales que iban de visita y los devoraba. Cuando ya había consumido muchas fieras, apareció la zorra, que se había dado cuenta de la artimaña. Se quedó lejos de la cueva y le preguntó cómo estaba. El otro dijo «Mal», y le preguntó por qué no entraba. La zorra dijo: «Pues mira, yo entraría si no fuera porque veo las huellas de muchos que han entrado, pero de ninguno que haya salido».

También los hombres prudentes saben ver las advertencias y huyen de los peligros.

143
EL LEÓN Y EL TORO

Estaba un león al acecho de un toro enorme y quería conseguirlo con una trampa. Así que, alegando que había cazado un cordero, le invitó al banquete, pues quería acabar con él cuando se reclinara a la mesa. Cuando el toro llegó y vio una caldera y grandes asadores pero ningún cordero, se fue sin decir nada. El león le increpó y le preguntó por qué, no habiendo sufrido ningún mal, se iba sin decir palabra, y contestó el toro: «Pues no lo hago sin razón: he visto por la disposición de lo que tienes preparado que no es para un cordero, sino para un toro».

La fábula muestra que a los hombres prudentes no les pasan desapercibidas las artimañas de los malvados.

144
EL LEÓN ENCERRADO Y EL CAMPESINO

Un león entró en la granja de un campesino. Este quería capturarlo, y cerró la puerta principal. El león, como no podía salir, primero mató a las ovejas y después se dirigió contra los bueyes. El campesino, temiendo por su vida, abrió la puerta. Cuando se marchó el león, la esposa, que lo había visto, le dijo angustiada al campesino: «Te mereces haber sufrido, si no, ¿por qué has querido encerrarlo, si debías temerlo desde lejos?».

También los que incitan a los más fuertes, es justo que soporten perjuicios de su parte.

145

EL LEÓN Y EL DELFÍN

Un león perdido por una playa, cuando vio a un delfín que sacaba la cabeza, le pidió que se aliaran, alegando que les convenía mucho ser amigos y así poder ayudarse: pues uno era el rey de los animales marinos, y el otro de los terrestres. Aquel consintió, contento. El león, no mucho después, estaba en el campo en guerra contra un toro, y llamó al delfín para que le ayudara. Este, aunque quería, no podía salir del mar, y el león lo acusó de traidor. Contestó el delfín: «No me culpes a mí, sino a la naturaleza, pues me hizo marino, y no me permite pisar la tierra».

Pues, en efecto, también nosotros debemos, cuando trabamos amistad, elegir como aliados aquellos que puedan socorrernos en los peligros.

146

EL LEÓN AL QUE ASUSTÓ UN RATÓN

Mientras dormía un león le correteó por el cuerpo un ratón. El león se levantó revolviéndose y buscó por todas partes el que le había pasado por encima. Una zorra que lo había visto se burló de que, siendo león, se hubiera asustado por un ratón. Y le contestó el león: «No es que tema al ratón, es que me ha sorprendido que alguien ose corretear por el cuerpo de un león dormido».

La fábula enseña que los hombres prudentes no deben desdeñar las acciones pequeñas.

147

EL LEÓN Y EL OSO

Un león y un oso encontraron un cervatillo y luchaban por él. Arremetieron el uno contra el otro de manera atroz, por lo que se les nubló la vista y yacían medio muertos. Pasó por allí una zorra. Al verlos abatidos y con el cervatillo tendido entre ambos, lo agarró y se lo llevó. Los otros, que no podían levantarse, dijeron: «Desgraciados de nosotros que para una zorra nos hemos esforzado».

La fábula muestra que con razón se afligen aquellos que ven cómo, por azar, otro se lleva el fruto de su trabajo.

148

EL LEÓN Y LA LIEBRE

Un león se encontró a una liebre que dormía. Estaba por comérsela cuando, de pronto, vio que pasaba un ciervo, así que dejó a la liebre y se puso a perseguirlo. La liebre se despertó por el ruido y huyó. El león, después de perseguir mucho rato al ciervo, no podía capturarlo y volvió a donde estaba la otra. Cuando descubrió que la liebre se había fugado, dijo: «Me merezco lo que sufro, pues he soltado la comida que tenía en la mano para elegir la que esperaba que sería mejor».

También algunos hombres rechazan ganancias humildes persiguiendo la esperanza de algo mejor, sin darse cuenta de que pierden lo que tenían en las manos.

EL LEÓN, EL ASNO Y LA ZORRA

Un león, un asno y una zorra se aliaron y se prepararon para salir de caza. Cuando ya tenían muchas presas, el león impuso que el asno las repartiera. En cuanto hizo tres partes, les animó a escoger. El león se irritó y lo mató, e impuso a la zorra que repartiera ella. Reunió todo en una sola parte, dejando una pequeña para ella, y le animó a escoger. Al preguntarle el león quien le había enseñado a dividir, contestó la zorra: «La desdicha del asno».

La fábula muestra que la desgracia de los vecinos hace prudentes a los hombres.

150
EL LEÓN Y EL RATÓN AGRADECIDO

Dormía un león y, al correrle un ratón por encima, se despertó y le dio caza. Estaba por devorarlo cuando el ratón le pidió que lo soltara, que si lo salvaba le devolvería la gracia. Lo liberó el león riéndose. No mucho después, ocurrió que el león se salvó gracias al ratón: pues fue capturado por unos cazadores que lo ataron con una cuerda en un árbol. El ratón, que oyó como el león estaba en apuros, acudió; desató la cuerda y, al liberarlo, le dijo: «Antes te has reído de mí porque no esperabas que te recompensara, ahora sabes bien que sí dan las gracias los ratones».

La fábula muestra que las circunstancias pueden hacer que los poderosos se vean necesitados de los más débiles.

EL LEÓN Y EL ASNO QUE CAZARON JUNTOS

Un león y un asno se aliaron y salieron a cazar. Llegaron a una cueva donde había cabras agrestes. Mientras que el león se quedó en la entrada para encargarse de las que salieran, el asno entró brincando y rebuznando para asustarlas. Cuando el león ya había capturado a muchas, salió el otro y le preguntó si había luchado con valor y si había puesto bien en fuga a las cabras. Le dijo el león: «Pues bien sé que hasta yo te hubiera temido si no te supiera asno».

Así, los que fanfarronean con los conocidos se exponen a ser el hazme-rreír.

EL BANDIDO Y LA MORERA

Un bandido asesinó a uno en un camino y al perseguirle los que lo habían presenciado, abandonó el muerto y huyó, ensangrentado. Los que se cruzaban con él le preguntaban con qué se había manchado las manos, y él respondía que recién había bajado de una morera. Mientras lo decía, llegaron los que le perseguían, lo apresaron y lo colgaron de una morera. Ella le dijo: «Pues no me aflige para nada tomar parte en tu muerte, pues habiendo cometido un crimen, querías limpiarte en mí».

Así, a menudo, los que son virtuosos por naturaleza, cuando les calumnian los malvados, no vacilan en obrar mal contra ellos.

LOS LOBOS Y LAS OVEJAS

Unos lobos estaban al acecho de un rebaño de ovejas, y como no podían llegar a ellas porque las guardaban unos perros, convinieron en urdir una trampa. Mandaron unos emisarios para convencer a las ovejas que se separaran de los perros, alegando que aquellos eran la causa de su enemistad y que, si confiaban en ellos, enseguida harían las paces. Las ovejas, sin ver lo que tenían delante, echaron a los perros y los lobos se apoderaron de ellas con facilidad, matando al rebaño entero porque estaba sin guardar.

También los pueblos traicionan a sus dirigentes sin darse cuenta de que rápidamente se someten a los enemigos.

154

EL LOBO Y EL CABALLO

Un lobo que deambulaba por un campo encontró cebada. Como no podía aprovecharla para alimentarse, la dejó y se fue. Después se encontró a un caballo y lo llevó al campo diciéndole que había encontrado cebada y que no se la había comido, sino que se la había guardado para el caballo porque le complacía escuchar el ruido de sus dientes. Y le contestó el caballo: «Pero, a ver, si los lobos pudieran alimentarse con cebada, no hubieras preferido el oído al estómago».

La fábula muestra que los malos por naturaleza, aunque proclamen su honradez, no son de fiar.

EL LOBO Y EL CORDERO

Un lobo vio a un cordero bebiendo en un río, y quería devorarlo por alguna buena razón. Así que, aun encontrándose el lobo río arriba, le acusó de enturbiar el agua, privándolo así de beber. El cordero le dijo que bebía con la punta de sus labios y que, además, estando más abajo, no podía remover el agua hacia arriba. El lobo, como le había fallado esta razón, dijo: «Pues el año pasado tu padre me insultó». Le contestó el otro que el año pasado él todavía no había nacido, así que el lobo replicó: «¿Es que acaso no voy a comerte por muy bien que te defiendas?».

La fábula muestra que los que tienen la voluntad de ser injustos, no dan crédito a ninguna defensa, por justa que sea.

156

EL LOBO Y LA GARZA

Un lobo que se había tragado un hueso iba en busca de alguien que lo curara. Se encontró con una garza y le pidió que le sacara el hueso a cambio de dinero. La garza metió la cabeza en la garganta del lobo y le sacó el hueso; luego le pidió el dinero convenido. El lobo le contestó: «¿No te contentas con sacar salva la cabeza de la boca de un lobo, que encima pides dinero?».

La fábula muestra que la mayor recompensa para actuar bien con los malvados es que no causen perjuicio alguno.

157

EL LOBO Y LA CABRA

Un lobo vio una cabra pastando en un peñasco y, al no poder alcanzarla, se quedó abajo y le pidió que descendiera, no se fuera a caer sin darse cuenta. Le dijo que el prado donde estaba él era mejor, pues la hierba era espesa. Le respondió ella: «No me llamas para que paste yo, sino porque tú vas falto de alimento».

También a los hombres malhechores, cuando actúan mal con los que les conocen, les resultan inútiles las artimañas.

158

EL LOBO Y LA VIEJA

Un lobo hambriento andaba en busca de alimento. Al llegar a una granja, oyó que una vieja amenazaba a un niño que lloraba con que, si no paraba, lo tiraría al lobo. Se creyó el lobo que lo decía de verdad, pero al anochecer, como no había pasado nada que correspondiera a las palabras, se alejó diciendo para sus adentros: «En esta granja, los hombres dicen, pero no hacen».

Esta fábula es adecuada para aquellos hombres cuyas acciones no acompañan a sus palabras.

159

EL LOBO Y LA OVEJA

Un lobo, harto de comer, vio una oveja tirada en el suelo y, al percatarse de que se había dejado caer por miedo, se acercó a tranquilizarla diciéndole que, si le decía tres verdades, la dejaría libre. Empezó la oveja diciendo que le gustaría no haber topado con él; que, en segundo lugar, si estaba destinada a encontrarlo, le gustaría que fuera ciego, y, en tercer lugar: «¡Que muchos males pierdan a los malvados lobos, que sin que os hayamos hecho sufrir, nos hacéis la guerra!». Y el lobo, habiendo demostrado la oveja no mentir, la dejó libre.

La fábula muestra que muchas veces la verdad es poderosa incluso con los enemigos.

160
EL LOBO HERIDO Y LA OVEJA

A un lobo le mordieron unos perros y, tirado en el suelo, muy dolorido, era incapaz de procurarse alimento. Al ver una oveja, le pidió que le ofreciera agua del río que corría cerca: «Si me das agua —dijo—, yo ya me encontraré la comida». Y le contestó la oveja: «Si te diera agua, yo sería tu alimento».

Al hombre malhechor que, fingiendo, tiende emboscadas conviene esta fábula.

161
EL ADIVINO

Se lucraba un adivino aposentado en el ágora cuando se le acercó uno de improviso y le comunicó que las puertas de su casa estaban abiertas y que se habían llevado todo lo de dentro. Turbado, se levantó y se lanzó a la carrera, entre lamentos, para ver lo acaecido. Uno de los que estaban allí dijo: «Tú que afirmas prever los asuntos de los demás, ¿no has adivinado lo tuyo?».

Esta fábula es útil para aquellos hombres que gobiernan su vida a la ligera, pero que tratan de atender lo que no les concierne.

162
EL NIÑO Y LA PALOMA*

Una mujer consultó a unos adivinos acerca de su hijo recién nacido, y le dijeron que una paloma le causaría la muerte. Por miedo, preparó una gran urna y allí lo encerró, guardado para que no lo matara la paloma. Pasaba la mujer sus días abriéndola en horas determinadas para procurarle el alimento necesario. Una vez que la tapa estaba levantada para hacerle la cama, el niño, en un descuido, asomó la cabeza. Así, ocurrió que cedió la palomilla y, al abatirse la tapa contra el cráneo, lo mató.

La fábula muestra que lo que viene determinado por el destino es inevitable.

163
LAS ABEJAS Y ZEUS

Las abejas, irritadas con los hombres por tomar su miel, fueron a ver a Zeus y le pidieron que las dotara de una fuerza tal que pudieran herir con los aguijones a los que fueran a llevarse sus panales. Y Zeus, irritado por su perversidad, decidió que, cada vez que picaran a alguien, perdieran el aguijón, quitándose, con eso, la vida.

---

* En el original, juego de palabras entre κόραξ («cierre») y κοραξ («cuervo»). Se intenta reproducir dicho juego utilizando los términos «paloma» y «palomilla». *(N. de la T.)*

Esta fábula es adecuada para los hombres perversos, que reciben el daño que hacen.

164
LOS SACERDOTES MENDICANTES

Unos sacerdotes mendicantes tenían un asno al que solían cargar sus bártulos cuando hacían camino. Un día el asno murió de fatiga, ellos lo desollaron y, con la piel, se construyeron unos panderos. Se cruzaron con otros sacerdotes que les preguntaron dónde estaba el asno y les respondieron que estaba muerto, que ahora recibía todos los golpes que no había soportado en vida.

También algunos esclavos, liberados de la esclavitud, no abandonan las tareas de servidumbre.

165
LOS RATONES Y LAS COMADREJAS

Unos ratones estaban en guerra con unas comadrejas. Como siempre perdían, los ratones se reunieron y resolvieron que les sucedía esto por carecer de gobierno, por lo cual decidieron nombrar generales a unos cuantos. Estos quisieron distinguirse del resto, por lo que se ciñeron unos cuernos. Cuando tuvo lugar la batalla, ocurrió que todos los ratones fueron derrotados. Y, mientras que todos los demás huyeron a sus ratoneras donde les era fácil entrar, los generales, como no podían entrar a causa de los cuernos, fueron capturados y devorados.

Así, a menudo, la vanidad es la causa de los males.

LA HORMIGA

Lo que ahora es una hormiga tiempo atrás había sido un hombre que se dedicaba a la agricultura. Pero no le bastaba su propio trabajo, sino que, mirando con celo a los demás, se pasaba los días robando los frutos de sus vecinos. Zeus, irritado por su avaricia, lo metamorfoseó en un animal al que llamó hormiga. Pero, aun teniendo otra forma, no le mudó el carácter: pues todavía ahora, andando por los campos recoge el trigo y la cebada ajena y se la guarda.

La fábula muestra que a los que son malos por naturaleza, aunque les impongan grandes castigos, no les muda el carácter.

LA MOSCA

Una mosca se cayó en una cazuela de carne y, a punto de ahogarse en el caldo, dijo para sus adentros: «Pues he comido, bebido y me he bañado, morir no me consterna para nada».

La fábula muestra que soportan bien los hombres la muerte cuando les llega sin dolor.

LOS NÁUFRAGOS Y EL MAR

Un náufrago que había sido arrojado en la playa se quedó dormido, fatigado. Al poco se levantó, y al ver el mar, le acusó de seducir a los hombres con su apariencia calmada pero que tan pronto como los había acogido, los destruía, embravecido. El mar, tomando forma de mujer, le dijo: «No me culpes a mí, sino a los vientos, pues por naturaleza soy como tú me ves ahora, pero ellos, de improviso, se apoderan de mí y me alborotan y embravecen».

Pues, en efecto, no debemos culpar a los que cometen injusticias cuando están sometidos a otros que los gobiernan.

169
EL JOVEN LIBERTINO Y LA GOLONDRINA

Un joven libertino se había comido todo su patrimonio, solo le quedaba un manto. Al dejarse ver una golondrina fuera de época, creyó el joven que ya era verano y, como no necesitaba el manto, se lo llevó a vender. Después le sorprendió el invierno con un frío terrible mientras paseaba, y cuando vio a la golondrina muerta, echada en el suelo, le dijo: «Nos has perdido a ti y a mí».

La fábula muestra que es peligroso todo lo que se hace a destiempo.

170
EL ENFERMO Y EL MÉDICO

Un enfermo, al preguntarle el médico cómo se encontraba, dijo que sudaba más de la cuenta. El médico le dijo que eso era bueno. A la segunda visita, al preguntarle cómo estaba, dijo el enfermo que le sacudían los escalofríos. Le respondió el médico que eso también era bueno. A la tercera, al llegar, le preguntó el médico acerca de la enfermedad y, al decir el enfermo que tenía diarrea, le dijo que también era bueno y se marchó. Cuando un familiar visitó al hombre enfermo y le preguntó cómo estaba, dijo el enfermo: «Pues están acabando conmigo cosas buenas».

También muchos hombres son dichosos a juicio de sus vecinos por lo que se les ve por fuera, aunque en realidad les cause grandes dolores.

171
EL MURCIÉLAGO, LA ZARZA Y LA GAVIOTA

Un murciélago, una zarza y una gaviota se aliaron y decidieron vivir del comercio. Mientras que el murciélago pidió plata prestada y la depositó en el medio, la zarza añadió un vestido y la gaviota metió bronce que había comprado. Así se hicieron a la mar. Al originarse una tormenta atroz que volcó la nave, lo perdieron todo, pero pudieron llegar a salvo a tierra firme. Desde entonces, la gaviota se zambulle buscando el bronce en el fondo del mar, creyendo que alguna vez lo encontrará; el murciélago, temeroso de los prestamistas, no aparece durante el día, solo sale a comer por la noche, y la zarza, buscando el vestido, se engancha a los mantos de los que pasan, esperando reconocer el suyo.

La fábula muestra que nos esforzamos más por algo en lo que ya hemos fracasado.

172
EL MURCIÉLAGO Y LAS COMADREJAS

Un murciélago se cayó al suelo y fue capturado por una comadreja. Cuando estaba a punto de matarlo, le pidió el murciélago que lo salvara. Ella le dijo que no podía soltarlo, pues por naturaleza era enemiga de todas las aves. Dijo el murciélago que él no era un pájaro sino un ratón, y así se libró. Más tarde, volvió a caerse y lo apresó otra comadreja, de modo que también le pidió que lo dejara ir. Cuando aquella le dijo que odiaba a todos los ratones, el murciélago le dijo que él no era un ratón sino un murciélago, y otra vez se libró. Ocurrió que por cambiarse dos veces el nombre consiguió la salvación.

Pues, en efecto, a nosotros también nos conviene no permanecer siempre en lo mismo, siendo conscientes de que los que se adaptan a las circunstancias, rehúyen muy a menudo los peores peligros.

173
EL LEÑADOR Y HERMES

Uno que cortaba leña junto a un río perdió su hacha. Como se la llevó la corriente, se lamentaba sentado en la ribera, hasta que llegó Hermes y se compadeció de él. Al conocer la causa por la que lloraba, se zambulló y sacó un hacha de oro; le preguntó si era la suya. Le contestó el hombre que no lo era. A la segunda, sacó una de plata, y volvió a preguntar si era la perdida. Al negar el otro, se zambulló una tercera vez y recogió el hacha del hombre. Cuando aquel la reconoció, Hermes, complacido por su honestidad, se las regaló todas. Volvió el hombre con los compañeros, y al contarles lo que había pasado, uno de ellos, envidioso, deseó que le sucediera lo mismo. Así que tomó su hacha y se fue al mismo río. Se puso a cortar leña y, a propósito, tiró el hacha a la corriente. Luego, se sentó a lamentarse. Se le apareció Hermes, y al preguntarle qué le ocurría, le dijo que había perdido el hacha. Cuando le sacó el hacha de oro, le preguntó si era aquella la que había perdido. El otro, precipitándose por avaricia, respondió que sí lo era. Así que el dios no solo no le recompensó, sino que no le devolvió ni su hacha.

La fábula muestra que tanto ayuda la divinidad a los justos, como es adversa a los injustos.

174

EL CAMINANTE Y LA FORTUNA

Un caminante, al terminar un largo camino, se echó a dormir junto a un pozo, invadido por el cansancio. Cuando estaba a punto de caerse dentro, lo detuvo la Fortuna y le despertó diciendo: «Si te hubieras caído, no hubieras culpado a tu insensatez, sino a mí».

También muchos hombres culpan a los dioses de sus propias desgracias.

175

LOS CAMINANTES Y EL PLÁTANO

Unos caminantes, agotados por el calor de un mediodía de verano, al ver un plátano, se metieron debajo y descansaban tumbados a su sombra. Levantando la vista, se dijeron: «¡Qué inútil e infructuoso es este árbol para los hombres!».Y contestó el plátano: «Desagradecidos, mientras gozáis de mis favores, ¿me llamáis inútil e infructuoso?».

También algunos hombres son tan miserables que, favorecidos por sus vecinos, aún ponen en duda su bondad.

176

EL CAMINANTE Y LA VÍBORA

Andaba un caminante en invierno y al ver una víbora medio muerta de frío se compadeció de ella, la cogió y se la puso en su regazo, tratando de darle calor. La víbora, mientras estaba presa por el frío, se quedó quieta. Pero cuando empezó a entrar en calor, le clavó los dientes en el vientre. A punto de morir, dijo el caminante: «Es justo que sufra, pues ¿por qué he salvado de la muerte a esta, si estaba decidida a matarme?».

La fábula muestra que el que hace el bien a la maldad no solo no recibe de ella una recompensa, sino que le da alas en contra del bienhechor.

177
LOS CAMINANTES Y LA BROZA

Unos caminantes que andaban por una playa, llegados a una atalaya, avistaron que a lo lejos había broza a la deriva, y pensaron que era una gran nave, por lo que esperaron, creyendo que iba a fondear. Llevada por el viento, la broza se acercó un poco, y aguardaban, con la sospecha de que no era un barco grande, como habían pensado antes. Cuando llegó cerca, a la costa, y vieron que era broza, se dijeron los unos a los otros: «Hemos esperado en vano lo que ha resultado no ser nada».

También algunos hombres dan miedo desde lejos, pero cuando se llegan a conocer, encontramos que no valen nada.

178
EL CAMINANTE Y HERMES

Andaba un caminante por un largo sendero, y prometió a Hermes darle en ofrenda la mitad de lo que encontrara. Topó con una alforja en la que había almendras y dátiles, y se la llevó, pues creía que estaba llena de plata. Al sacudirla, encontró lo que había dentro. Se lo comió, cogió las cáscaras de las almendras y los huesos de los dátiles, y los puso en un altar mientras decía: «Recibe, Hermes, la promesa, pues comparto contigo lo de dentro y lo de fuera de lo que he encontrado».

Al hombre avaro que, por codicia, engaña con sofismas hasta a la divinidad conviene esta fábula.

179
EL ASNO Y EL JARDINERO

Un asno que servía a un jardinero comía poco y sufría mucho, por lo que suplicó a Zeus que lo separara del jardinero y le asignara otro amo. Zeus envió a Hermes para ordenarle al jardinero que lo vendiera a un alfarero. El asno estaba otra vez a disgusto, pues este le obligaba a cargar mucho peso, así que invocó a Zeus quien, al fin, resolvió que lo vendiera a un curtidor. Y cuando el asno vio a lo que se dedicaba su nuevo amo, dijo: «Pues desearía mucho más estar con mis primeros dueños cargando pesos y pasando hambre que encontrarme aquí, donde, si muero, no dispondré ni de entierro».

La fábula muestra que los esclavos echan mucho de menos a los antiguos amos cuando han probado otros.

180
EL ASNO QUE CARGABA SAL

Un asno cargado de sal resbaló mientras cruzaba un río y, al caerse al agua, la sal se diluyó, así que salió más ligero. Complacido con esto, al cabo del tiempo, un día que transportaba esponjas, llegó a un río y pensó que, si volvía a caerse, se levantaría habiendo aliviado la carga, así que se resbaló adrede. Y le ocurrió que las esponjas absorbieron el agua y, al no poder levantarse, pereció allí mismo.

Tampoco algunos hombres se dan cuenta de que su propia inventiva les empuja a la desgracia.

181
EL ASNO Y LA MULA

Un arriero conducía a un asno y una mula cargados. El asno, mientras iba por la llanura, soportaba el peso, pero al llegar al monte no podía resistirlo, por lo que pidió a la mula que le llevara la mitad de la carga para, así, ser capaz de transportar él el resto. Ella hizo caso omiso a sus palabras, y el asno murió despeñado. El arriero, sin saber qué hacer, no solo colocó la carga del asno encima de la mula, sino que también le echó el burro desollado. Y la mula, abatida no sin razón, se dijo: «Es justo que sufra, pues si hubiera accedido a aligerar un poco al asno cuando me lo ha pedido, ahora no cargaría con él y su fardo».

También algunos prestamistas, al no suministrar por avaricia un poco más a sus deudores, a menudo pierden su propio capital.

182
EL BURRO QUE TRANSPORTABA UNA ESTATUA

Uno cargó una estatua en un burro y lo conducía a la ciudad. Se cruzaron con muchos que se ponían a adorar la estatua, y el burro, creyendo que lo adoraban a él, exaltado y orgulloso, ya no quiso avanzar más. El arriero, al darse cuenta de lo que sucedía, mientras lo azotaba, le dijo: «¡Ay, mala cabeza, solo faltaría un burro adorado por los hombres!».

La fábula muestra que los que se vanaglorian por la virtud ajena se exponen a ser el hazmerreír de los que los conocen.

183
EL ASNO SALVAJE Y EL ASNO DOMESTICADO

Un asno salvaje que vio a un asno domesticado en un lugar soleado se le acercó, celebrando lo dichoso que era por el vigor de su cuerpo y por la calidad de su alimento. Más tarde, cuando lo vio cargado y con el arriero empujándole y azotándole por detrás, dijo: «Pues ya no te considero dichoso, pues no sin grandes males obtienes la abundancia».

Así, no son envidiables las ganancias que se rodean de peligros y fatiga.

184
EL BURRO Y LAS CIGARRAS

Un burro oyó cantar a unas cigarras y, deleitado por su bonita voz, las envidiaba. Así que les preguntó qué comían para conseguir aquella voz. Ellas contestaron: «Rocío». Y el asno perseveró en comer rocío, por lo que se murió de hambre.

Así, los que desean tener otra naturaleza, no solo no lo consiguen, sino que sufren grandes desgracias.

LOS ASNOS QUE FUERON A ZEUS

Un día, unos asnos apesadumbrados por su carga, mandaron mensajeros a Zeus para pedirle que los liberara de su trabajo. Zeus quiso mostrarles que eso era imposible y les dijo que prometía librarles de su sufrimiento cuando, meando, hicieran un río. Aquellos, creyendo que les decía la verdad, desde entonces y todavía hoy, cada vez que ven mear a otro, se colocan a su lado y se ponen a mear.

La fábula muestra que lo que el destino determina para cada uno es irremediable.

186

EL ASNO Y EL ARRIERO

Un asno conducido por un arriero, habiendo avanzado un poco por el camino, dejó el sendero llano y se dirigió hacia un precipicio. A punto de despeñarse, el arriero lo agarró de la cola intentando que reculara. Como el burro se resistía con fuerza, lo dejó diciendo: «Tú vences, pero mal premio ganas».

Al hombre competitivo esta fábula conviene.

187

EL LOBO MÉDICO

Un asno que pastaba en una pradera, al ver que un lobo lo acechaba, fingió ser cojo. Cuando se le acercó el lobo y le preguntó por qué cojeaba, le dijo que cruzando el vallado se había clavado una astilla, y le exhortó a que primero, antes de devorarlo, le sacara la astilla para que no se atragantara. Quedó convencido el lobo, y cuando estaba junto a las patas, con toda la atención puesta en la pezuña, el asno le soltó una coz en la boca, y de la sacudida le arrancó los dientes. El lobo, dolorido, dijo: «Me merezco lo que sufro, pues, ¿por qué habiéndome enseñado mi padre el oficio de carnicero me he metido al de médico?».

También los hombres que se meten en lo que no les incumbe son desgraciados con razón.

188
EL ASNO DISFRAZADO DE LEÓN

Un asno que se había puesto una piel de león iba asustando a los animales irracionales. Y al ver una zorra, también intentó atemorizarla. Ella, que lo había oído rebuznar, le dijo: «Pues que sepas que también yo te tendría miedo si no te hubiera oído roznar».

También algunos ignorantes se creen ser alguien y su propia charlatanería los pone en evidencia.

189
EL ASNO Y LAS RANAS

Un asno cargado con un fardo de madera cruzaba un estanque. Se resbaló y se cayó, y como no podía levantarse, se lamentaba y lloraba. Las ranas del estanque, al oír sus lamentos, dijeron: «Pues ¿qué harías si llevaras aquí el mismo tiempo que nosotras, si solo te has caído un momento y ya lloras de este modo?».

Puede usarse esta fábula contra el hombre débil que no soporta penas in-significantes, cuando otro aguanta con facilidad otras mucho mayores.

190
EL ASNO, EL CUERVO Y EL LOBO

Un asno herido en el lomo pastaba en una pradera. Un cuervo se sentó encima de la herida y el asno rebuznó y brincó por el dolor. El arriero, que estaba enfrente, se rió, y un lobo que, pasando, lo vio, dijo para sus adentros: «Desgraciados de nosotros, que cuando nos ven nos persiguen, y encima les provocamos la risa».

La fábula muestra que a los hombres malhechores se les descubre desde lejos.

191
EL ASNO, LA ZORRA Y EL LEÓN

Un asno y una zorra se aliaron y, poniéndose de acuerdo, salieron de caza. Apareció un león, y la zorra, viendo el peligro que se les venía encima, se acercó al león y le prometió entregarle al asno si la dejaba irse sin peligro. Cuando le dijo que la soltaría, la zorra condujo al asno para que cayera en una trampa. El león, viendo que aquel ya no podía huir, primero apresó a la zorra y luego se dirigió al asno.

También los que conspiran contra sus aliados, a menudo, sin darse cuenta, se pierden junto con ellos.

LA GALLINA Y LA GOLONDRINA

Una gallina que se encontró unos huevos de serpiente los empolló con cuidado, para luego abrir la cáscara. La vio una golondrina, que dijo: «Insensata, ¿por qué crías lo que, pase lo que pase, cuando crezca empezará por ti a hacer daño?».

Así, es indómita la malicia, por mucho que se la favorezca.

EL CAZADOR DE PÁJAROS Y LA ALONDRA

Un cazador estaba tendiendo trampas para pájaros. Lo vio una alondra y le preguntó qué hacía. Él respondió que fundaba una ciudad, y retrocedió un poco. Convencida por sus palabras, la alondra se acercó y, picando en el cebo, sin darse cuenta, cayó en las redes. Se apresuró el cazador a capturarla, y dijo la alondra: «Si es así como fundas una ciudad, no encontrarás muchos habitantes».

La fábula muestra que las casas y las ciudades quedan desiertas cuando los que están al mando son malévolos.

EL CAZADOR DE PÁJAROS Y LA CIGÜEÑA

Un cazador de pájaros había tirado unas redes para cazar grullas y, desde lejos, esperaba impaciente la caza. Una cigüeña se posó con las grullas y el cazador, apresurado, la capturó junto con las otras. Le pidió que la soltara alegando que no solo no era perjudicial para los hombres, sino que les era muy útil, pues capturaba y mataba las serpientes y el resto de los reptiles. Pero le contestó el cazador: «Pues si no eres mala, sí eres digna de castigo por sentarte con malvados».

Pues, en efecto, también a nosotros nos conviene rehuir el juntarnos con malvados para no parecer cómplices de sus males.

195
LA PRIMERA VEZ QUE SE VIO AL CAMELLO

Cuando por primera vez se vio al camello, los hombres, asustados y sorprendidos por sus dimensiones, huyeron. Con el tiempo, vieron que era manso, y se atrevían a acercarse. Al poco, comprendieron que el animal no era violento, y le perdieron tanto el respeto que le colocaron bridas y se lo dieron a montar a los niños.

La fábula muestra que la costumbre mitiga el miedo a las cosas.

196
LA SERPIENTE Y EL CANGREJO

Una serpiente y un cangrejo vivían en el mismo sitio. Mientras que el cangrejo era honrado y benévolo con la serpiente, la serpiente era pérfida y malvada. El cangrejo la aconsejaba, sin cesar, que obrara con sencillez con él y que imitara su actitud, pero no la convencía. Irritado por ello, el cangrejo la vigilaba bien de cerca, y cuando estuvo dormida, agarrándola por el cuello, la mató. Al verla tiesa, dijo: «No es ahora que debes ser recta, cuando ya estás muerta, sino cuando yo te lo aconsejaba y tú no me escuchabas».

Esta fábula podría decirse con razón de aquellos hombres que en vida son malos con sus amigos, pero que con la muerte alcanzan una buena conducta.

197
LA SERPIENTE, LA COMADREJA Y LOS RATONES

Una serpiente y una comadreja se peleaban en una casa. Los ratones del lugar, que siempre eran devorados por ambos, cuando los vieron pelearse, fueron saliendo. Cuando aquellos vieron a los ratones, abandonaron su pelea y se volvieron contra ellos.

También en los estados, los que se entrometen en las disputas de los dirigentes, sin darse cuenta, pasan a ser las víctimas de estos.

198
LA SERPIENTE PISOTEADA Y ZEUS

Una serpiente a la que habían pisoteado muchos hombres fue a hablar con Zeus acerca de ello. Zeus le dijo: «Pues si hubieras mordido al primero que te pisó, el segundo ya no hubiera intentado hacerlo».

La fábula muestra que·los que rebaten a los primeros que les atacan, se vuelven temibles para los que vienen después.

199
EL NIÑO Y EL ESCORPIÓN

Un niño, delante de una pared, cazaba saltamontes. Cuando ya había capturado muchos, vio un escorpión y, creyendo que era un saltamontes, ahuecó la mano y estuvo a punto de atraparlo. Entonces, el escorpión levantó el aguijón y dijo: «Ojalá lo hubieras hecho, porque además habrías perdido los saltamontes que habías capturado».

La fábula nos enseña que no debemos comportarnos igual con los buenos que con los malos.

200
EL NIÑO LADRÓN Y LA MADRE

En la escuela, un niño le arrebató la tablilla a un compañero y se la llevó a su madre. Ella no solo no lo reprendió, sino que lo aplaudió. La segunda vez, robó un manto y se lo entregó, y ella lo recibió aún con más alegría. Con los años se hizo un joven, y ya se dedicaba a robos mayores. Un día fue sorprendido en pleno delito y lo condujeron al verdugo con las manos atadas a la espalda. Lo acompañaba su madre golpeándose el pecho, y él dijo: «Quiero hablar a mi madre al oído». Ella se le acercó enseguida, y él le arrancó la oreja de un bocado. La madre le acusó de impío, y dijo él: «Pues si cuando te traje por primera vez la tablilla robada me hubieras reprendido, ahora no estaría aquí, conducido a la muerte».

La fábula muestra que lo que no se interrumpe desde un principio, se acrecienta.

201
LA PALOMA SEDIENTA

Una paloma que sufría por la sed, al ver pintada en un cuadro una crátera de agua, creyó que era de verdad, y allí se dirigió zumbando. Pero, sin darse cuenta, se chocó contra el cuadro. Le ocurrió que, al herirse las alas, se cayó al suelo y la capturó uno que estaba allí.

También algunos hombres por culpa de sus fuertes deseos se meten en asuntos que ignoran y se lanzan a su propia ruina.

202
LA PALOMA Y LA GRAJILLA

Una paloma que vivía en un palomar se jactaba de su gran fecundidad. Habiendo oído sus palabras una grajilla, le dijo: «Para de fanfarronear por eso, pues cuantas más crías tengas, más te lamentarás de vivir en la servidumbre».

Así, los esclavos más desgraciados son los que crían en esclavitud.

203
EL MONO Y LOS PESCADORES

Un mono aposentado en lo alto de un árbol, al ver a unos pescadores lanzando la red en un río, espiaba lo que hacían. Cuando extendieron la red, fueron a desayunar un poco más lejos, y el mono bajó a intentar lo mismo que ellos habían hecho, pues dicen que es un animal mimético. Al alcanzar las redes, se quedó apresado, y dijo: «Pues es justo que sufra, ¿por qué me meto a pescar sin haberlo aprendido?».

La fábula muestra que emprender lo que no incumbe no solo es inútil, sino también perjudicial.

EL RICO Y EL CURTIDOR

Un rico vivía al lado de un curtidor y, como no podía soportar el mal olor, le insistía en que se mudara. El curtidor le daba largas diciendo que se mudaría al cabo de poco tiempo. Pasaba lo mismo una y otra vez, hasta que sucedió que, al transcurrir el tiempo, el rico se acostumbró al mal olor y dejó de molestar.

La fábula muestra que la costumbre también mitiga lo molesto de las cosas.

205

EL RICO Y LAS PLAÑIDERAS

Un rico tenía dos hijas, pero una de ellas murió, así que alquiló a unas plañideras. La otra niña le dijo a su madre: «Desgraciadas de nosotras que, siendo nuestro el sufrimiento, no podemos llorar y en cambio estas, a las que no les incumbe, se golpean y lloran desgarradas». Y dijo la madre: «No te extrañes, lo hacen por dinero».

Así, algunos hombres, por avidez de dinero, no vacilan en especular con la desgracia ajena.

206

EL PASTOR Y EL PERRO

Un pastor tenía un perro enorme y solía tirarle los corderos y las ovejas muertas. Un día se metió en el rebaño y el pastor, que lo vio acercarse a las ovejas meneando la cola, le dijo: «Que lo que deseas te caiga sobre la cabeza».

La fábula conviene al hombre adulador.

EL PASTOR Y EL MAR

Apacentaba un pastor su rebaño por la costa, y al ver el mar en calma deseó navegar. Así que vendió su rebaño, compró dátiles, cargó la nave y se hizo a la mar. Se originó una tormenta atroz que volcó la nave, así que, habiéndolo perdido todo, a duras penas llegó a tierra. Volvió de nuevo la calma, y cuando el pastor oyó a uno que ensalzaba la tranquilidad del mar, dijo: «¡Pues solo desea tus dátiles!».

Así, a menudo, el sufrimiento de los prudentes se convierte en sabiduría.

EL PASTOR Y LAS OVEJAS

Un pastor guiaba a sus ovejas por un encinar, y al ver una encina enorme y repleta de bellotas, extendió debajo su manto, trepó en ella y agitó las ramas. Las ovejas se comieron las bellotas y, sin darse cuenta, devoraron también el manto. Cuando bajó el pastor y vio lo que había sucedido, dijo: «Malditos animales, vosotras que procuráis la lana para los vestidos de los demás, a mí, que os alimento, me quitáis el manto».

También muchos hombres, por ignorancia, favorecen a los desconocidos, pero cometen injusticias con sus parientes.

EL PASTOR Y LOS LOBEZNOS

Un pastor encontró a unos lobeznos y los cuidó prodigándoles todo lujo de cuidados, creyendo que, cuando hubieran crecido, no solo podrían guardar sus ovejas, sino que además robarían las de otros para llevárselas a él. Los lobeznos crecieron enseguida y, confiados, mataron al rebaño. El pastor, irritado, dijo: «Me merezco sufrir, pues ¿por qué los salvé, recién nacidos, si ahora que han crecido es necesario matarlos?».

Así, los que salvan a los malvados no se dan cuenta de que los fortalecen en contra de sí mismos.

210

EL PASTOR BROMISTA

Un pastor que se llevó a su rebaño lejos de la aldea solía gastar una broma: pedía auxilio a los aldeanos alegando que los lobos se acercaban a su rebaño. Dos y tres veces los aldeanos, asustados, salieron en su ayuda, pero después los despedía con sorna. Ocurrió que, finalmente, se acercaron los lobos y se apropiaron de su rebaño. Pidió auxilio, pero los aldeanos pensaron que bromeaba como de costumbre, y no le hicieron caso. Así perdió el rebaño.

La fábula muestra que lo que ganan los mentirosos es que no les crean ni cuando dicen la verdad.

211

EL NIÑO QUE SE BAÑABA

Un día un niño se estaba bañando en un río y corría el riesgo de ahogarse. Al ver a un caminante, lo llamó para que le ayudara y cuando este se puso a regañarlo por haberse puesto en peligro, el niño le dijo: «Pero ahora ayúdame, ya me reñirás después, una vez esté a salvo».

La fábula se dirige a los que dan recursos contra sí mismos para ser trata-
dos injustamente.

212
LA OVEJA ESQUILADA

Una oveja a la que estaban esquilando con malas maneras le dijo al esquilador: «Si deseas la lana, rasura más arriba; si lo que anhelas es la carne, mátame de una vez y no me atormentes arrancándola poco a poco».

A los que aplican mal su oficio esta fábula conviene.

213
EL GRANADO, EL MANZANO Y LA ZARZA

Un granado y un manzano discutían acerca de la fecundidad. Cuando subió mucho el tono de la discusión, una zarza que los estaba escuchando desde el vallado vecino dijo: «Pero, amigos, paremos de una vez de pelearnos».

Así, en las disputas entre los mejores los que no valen nada intentan darse importancia.

214
EL TOPO

Un topo —que es un animal ciego— le dijo a su madre: «Veo». Ella, para ponerlo a prueba, le dio un grano de incienso y le preguntó qué creía que era. Al contestar él que era un guijarro, la madre le dijo: «Ay, hijo, no solo estás privado de la vista, sino que también has perdido el olfato».

También algunos charlatanes, alardeando de lo imposible, ponen en evidencia nimiedades.

214a

Que una mente malvada trastorna también la propia naturaleza.

El topo es un animal impedido: es ciego. Pues uno que quería besar a su madre en la boca fue a parar a sus partes pudendas. No les pasó desapercibido a sus hermanos lo que había hecho, y le dijeron: «Querías hacer grandes cosas, pero resulta que también estás privado del olfato, con razón».

215
LAS AVISPAS, LAS PERDICES Y EL CAMPESINO

Una vez, unas abejas y unas perdices, sedientas, fueron a un campesino y le pidieron de beber. A cambio del agua, las perdices le ofrecían cavar las viñas para que los racimos de uvas crecieran hermosos, y las avispas, hacer la ronda para mantener alejados, con sus aguijones, a los ladrones. El campesino les contestó: «Pero yo tengo dos bueyes que lo hacen todo sin tener que ofrecerles nada a cambio, así que creo que será mejor que les dé de beber a ellos».

La fábula es para el hombre desagradecido.

LA AVISPA Y LA SERPIENTE

Una avispa se sentó en la cabeza de una serpiente y la atormentaba sin descanso picándola con el aguijón. Como la serpiente sentía un dolor insoportable y no tenía cómo defenderse del enemigo, metió la cabeza debajo de la rueda de un carro y así murió junto con la avispa.

A los que osan morir con sus enemigos.

217

EL TORO Y LAS CABRAS SALVAJES

Un toro era perseguido por un león y huyó a una cueva donde había cabras salvajes. Al ser golpeado y corneado por ellas, dijo: «Me contengo, no porque os tenga miedo a vosotras, sino porque temo al que espera a la boca de la cueva».

También muchos, por miedo a los que les son superiores, soportan la soberbia de los que les son inferiores.

218

LAS CRÍAS DEL MONO

Dicen que los monos crían dos veces: que a una cría la aman y le prodigan todos los cuidados, y a la otra la odian y no la atienden. Y ocurre que, por fortuna divina, la sobreprotegida muere y, en cambio, la descuidada alcanza la edad adulta.

La fábula muestra que la fortuna tiene más fuerza que todos los cuidados.

219

EL PAVO REAL Y LA GRAJILLA

Los pájaros se reunieron en asamblea para escoger un rey. El pavo real pensaba que lo nombrarían a él por su belleza. Cuando se disponían a ello los pájaros, dijo la grajilla: «Pero si mientras tú reinas, nos persigue el águila, ¿cómo nos vas a proteger?».

La fábula muestra que para gobernar lo que se necesita no es belleza, sino fuerza.

220

EL CAMELLO, EL ELEFANTE Y EL MONO

Los animales irracionales querían elegir un rey. El camello y el elefante se presentaron, y rivalizaban esperando ser los favoritos, ya por las dimensiones del cuerpo, ya por su vigor. El mono dijo que ambos eran inservibles: «El camello por no sentir aversión por las injusticias, y el elefante no nos puede gobernar porque es de temer que nos ataque un cochinillo, pues les tiene miedo».

La fábula muestra que, a menudo, los proyectos más grandes son impedidos por pequeñas razones.

221

ZEUS Y LA SERPIENTE

Cuando se casó Zeus, todos los animales le llevaron regalos. La serpiente había recogido una rosa y, reptando, la llevaba en la boca. Al verla, le dijo Zeus: «De todos los demás animales acepto regalos de sus patas, pero de tu boca no cojo nada».

La fábula muestra que la generosidad de los malvados es temible.

LA CERDA Y LA PERRA

Una cerda y una perra peleaban entre sí. Cuando la cerda juró por Afrodita que, si no se detenía, la desollaría con los dientes, la perra dijo que juraba sin sentido, pues Afrodita la odiaba de tal modo que, si alguien comía carne de cerdo, no le permitía entrar en su templo. Y la cerda le contestó: «Pues, amiga, no lo hace porque me aborrezca, sino para evitar que nadie me sacrifique».

También los rétores sagaces a menudo transforman las injurias lanzadas por sus enemigos en halagos.

222

223
LA CERDA Y LA PERRA (ACERCA DE LA FECUNDIDAD)

Una cerda y una perra rivalizaban acerca de la fecundidad. La perra decía que, de los cuadrúpedos, era la que daba a luz con más prontitud, y la cerda le respondió: «Pero si dices esto, tienes que reconocer que pares ciegos».

La fábula muestra que las acciones no se juzgan por la velocidad, sino por la perfección de su realización.

224
EL JABALÍ Y LA ZORRA

Un jabalí estaba afilándose los dientes junto a un árbol. Una zorra le preguntó el motivo por el cual se amolaba los dientes si no corría el peligro de ser cazado, y él contestó: «No lo hago en vano, pues si me pilla un peligro no tendré tiempo de afilármelos, pero ya los tendré preparados para usarlos».

La fábula enseña que se debe estar preparado ante los peligros.

225
EL AVARO

Un avaro cambió por dinero su hacienda para comprar un lingote de oro, que enterró en una pared y, continuamente, iba a examinarlo. Uno de los que trabajaba por el lugar espiaba sus idas y venidas, y descubrió la verdad. Así pues, salió a escondidas a arrebatarle el oro. El avaro, al volver y encontrar vacío el lugar, se lamentaba y se arrancaba los pelos. Uno que lo vio, al conocer la causa de su aflicción extrema, le dijo: «No te disgustes, compañero, coge una piedra y ponla en el mismo sitio. Y piensas que el oro está ahí pues, cuando estaba, tampoco lo usabas».

La fábula muestra que nada son los bienes si no se les da uso.

226
LA TORTUGA Y LA LIEBRE

Una tortuga y una liebre rivalizaban acerca de quién era más veloz. Se encontraron en el día y en el lugar convenidos, y se separaron. La liebre, por su rapidez innata, se despreocupó de la carrera y, echándose junto al camino, se durmió. La tortuga, en cambio, consciente de su propia lentitud, avanzaba sin pausa, así que pasó corriendo por el lado de la liebre que dormía y alcanzó el premio de la victoria.

La fábula muestra que, a menudo, el esfuerzo vence a la naturaleza despreocupada.

227

LA GOLONDRINA Y LA SERPIENTE

Una golondrina puso sus huevos en un tribunal y salió volando. Una serpiente le arrebató los polluelos y se los comió. Cuando regresó y encontró el nido vacío, se lamentaba la golondrina con gran dolor. Otra golondrina quiso consolarla y le dijo que también se habían perdido las crías de los demás. Le contestó la otra: «Pero no lloro tanto por las crías como por haber sufrido una injusticia en el lugar en el que se ayuda a los injuriados».

La fábula muestra que las desgracias se sufren más duramente si vienen de parte de los que se creía menos posible.

228

LAS OCAS Y LAS GRULLAS

Unas ocas y unas grullas pacían en el mismo prado. Al aparecer unos cazadores, las grullas, como son ligeras, se pusieron a salvo, mientras que las ocas, a causa del peso de sus cuerpos, se quedaron allí, y las cazaron.

También en el caso de los hombres, cuando se origina una sublevación en una ciudad, los pobres, que van ligeros, cambian con facilidad de una ciudad a otra, pero los ricos, por el exceso de sus bienes, se quedan y mueren.

EL GORRIÓN Y LA CORNEJA

Un gorrión y una corneja rivalizaban acerca de la belleza. La corneja, contestando al gorrión, le dijo: «Pero tu belleza solo florece en primavera, en cambio la de mi cuerpo resiste también el invierno».

La fábula muestra que la resistencia del cuerpo es mejor que la hermosura.

230

LA TORTUGA Y EL ÁGUILA

Una tortuga se quedó admirada del vuelo de un águila y deseó poder volar. Acudió al águila y le pidió que le enseñara a volar a cambio del dinero que quisiera. El águila dijo que era imposible, pero la tortuga seguía insistiendo y se lo requería, así que la otra la levantó del suelo y la soltó contra unas piedras, por lo que, al caer, se rompió y murió.

El relato muestra que muchos hombres acaban dañados a causa de sus envidias.

231

LA PULGA Y EL ATLETA

Un día una pulga dio un salto hasta el pie de un atleta que corría a gran velocidad y, al brincar, le mordió. El hombre, encolerizado, estaba bien dispuesto con las uñas a aplastar la pulga. Ella, cogiendo impulso, saltó y pudo esquivarlo, así que escapó de la muerte. Y el hombre, lamentándose, dijo: «Oh, Heracles, si así me ayudas con una pulga, ¿qué ayuda me brindarás en contra de mis rivales?».

Pues, en efecto, la fábula enseña que no se debe invocar a los dioses por asuntos nimios y libres de peligro, sino por necesidades importantes.

II

FÁBULAS DE LA RECENSIÓN I, AUSENTES EN LA PRIMERA RECENSIÓN

232

LAS ZORRAS EN EL RÍO MEANDRO

Un día unas zorras se reunieron en el río Meandro porque deseaban beber. A causa del estruendo del agua no osaban acercarse, por
lo que se intentaban animar las unas a las otras. Una de ellas pasó
delante y, menospreciando al resto, burlándose de su cobardía y
creyéndose la más valerosa y distinguida por su audacia, saltó al
agua. La corriente la arrastró al centro, y las otras, rezagadas en la
ribera, le dijeron: «No nos dejes aquí, regresa para indicarnos un
acceso seguro por donde podamos beber». La otra, dejándose llevar, dijo: «Tengo un encargo para Mileto, y quiero llevarlo allí, a mi
regreso ya os lo mostraré».

A los que por fanfarronería se lanzan ellos mismos al peligro.

233

EL CISNE Y EL AMO

Dicen que los cisnes cantan cuando van a morir. Uno que encontró un cisne en venta, como había oído que era un animal muy
melodioso, lo compró. Un día que tenía invitados, se acercó a pedirle que cantara en el festín. Aquel día el cisne guardó silencio.
Pero más tarde, cuando notó que estaba a punto de morir, cantó su
propio treno. Oyéndolo el amo, le dijo: «Pues si tú no cantas más

que cuando estás muriendo, fui un iluso antes, pidiéndote que cantaras en vez de sacrificarte».

Así, algunos hombres, por no querer hacer algo gustosos, tienen que hacerlo de mala gana cuando se lo mandan.

234
EL LOBO Y EL PASTOR

Un lobo acompañaba a un rebaño de ovejas, pero no lo atacaba. Al principio, el pastor se guardaba del lobo como enemigo que era, y lo vigilaba, temeroso. Después, como pasó mucho tiempo en que el lobo los seguía de cerca sin atacarlos, y nunca, desde el principio, había intentado robar, pensó el pastor que era más un guardián que un acechador. Más tarde, le surgió una ocupación de provecho en la ciudad, así que se marchó dejando el rebaño a su cargo. El lobo se dio cuenta que aquella era la suya y mató a la mayoría. Cuando el pastor regresó y vio a su rebaño destruido, dijo: «Es justo que sufra, pues ¿por qué he confiado el rebaño a un lobo?».

También hay hombres que ponen en manos de avaros y codiciosos sus riquezas, y con razón las pierden.

235
LA HORMIGA Y LA PALOMA

Una hormiga sedienta que había bajado hasta una fuente con la voluntad de beber, se estaba ahogando. Una paloma, aposentada en un árbol cercano, cortó una hoja y se la tiró, y así, subiéndose a ella, la hormiga se salvó. Un cazador de pájaros que andaba cerca tenía las trampas preparadas porque deseaba cazar a la paloma. La hormiga se le acercó y le mordió en el pie. Él, al estremecerse, removió las trampas por lo que la paloma huyó y se salvó.

También los pequeños pueden ofrecer grandes recompensas a sus benefactores.

236
LOS CAMINANTES Y EL CUERVO

A unos que iban a resolver un negocio les salió al encuentro un cuervo tuerto. Como el cuervo viró su rumbo, uno aconsejó regresar, pues ese era el significado del presagio, y el otro contestó diciendo: «¿Y cómo puede este augurar lo que debemos hacer si ni siquiera previó su propia pérdida para guardarse de ella?».

Así, los que se procuran malos consejos para sus propios asuntos, no tienen crédito al aconsejar a sus vecinos.

237
EL QUE COMPRÓ UN ASNO

Uno que estaba por comprar un asno quiso ponerlo antes a prueba, así que lo condujo al establo donde estaban los que ya tenía. El asno, dejando de lado al resto, se fue junto al más vago y comilón. Y como no hacía nada, el hombre lo ató y lo condujo a su dueño para devolvérselo. Este le preguntó cómo había podido examinarlo tan deprisa, y le contestó el hombre: «Pues yo no necesito otra prueba, ya sé que es igual que el compañero que, de todos, ha escogido».

Se considera que cada uno es igual a los compañeros con quien convive.

EL CAZADOR DE PÁJAROS Y LAS PALOMAS

Un cazador de pájaros extendió las redes y ató en ellas unas palomas domésticas. A continuación, se apartó para vigilar desde lejos lo que estaba por llegar. Al acercarse las palomas salvajes a las otras, quedaron enredadas en los lazos y el cazador salió a la carrera para capturarlas. Culpaban las salvajes a las domésticas, pues siendo de la misma especie no las habían prevenido de la trampa. Las otras contestaron diciendo: «Pues para nosotras es mejor proteger a nuestro dueño que favorecer a nuestra propia raza».

Así, no es de reprochar que los esclavos, por amor a sus amos, falten a la amistad de los de su mismo linaje.

EL JURAMENTO

Uno que había aceptado de un amigo dinero en depósito pensó en robárselo, pero el otro le instaba a que se sometiera a un juramento. Para rehuirlo se iba a marchar al campo, pero cuando se encontró en las puertas de la ciudad, vio a un cojo que salía, y le preguntó quién era y adónde iba. El cojo dijo ser el mismo Juramento, que iba contra los impíos. También le preguntó cada cuánto tiempo solía visitar las ciudades. Y contestó: «Cada cuarenta años o, a veces, cada treinta». Así que, sin dudarlo, juró al día siguiente no haber aceptado el dinero a depósito. Sin embargo, se tropezó con el Juramento, que lo condujo a un precipicio. Cuando el hombre lo culpó por haberle dicho que regresaba cada treinta años, pero no haberle dado a él ni un solo día de confianza, el Juramento le respondió: «Pues bien sepas que cuando alguien me irrita sobremanera, acostumbro a regresar el mismo día».

A los malvados no les está determinado el día que los castigará la divi-
nidad.

240
PROMETEO Y LOS HOMBRES

Prometeo, por orden de Zeus, moldeó a los hombres y a las fieras.
Cuando Zeus vio que los animales irracionales eran muchos más,
le mandó que eliminara algunas fieras transformándolas en hombres. Al cumplirse la orden ocurre que, a causa de esto, los que no
habían sido moldeados como hombres desde el principio tienen
forma humana, pero alma de fiera.

El relato es un argumento para rebatir a los hombres salvajes e irascibles.

241
LA CIGARRA Y LA ZORRA

Una cigarra cantaba en lo alto de un árbol. Una zorra que quería
comérsela pensó un plan. Se puso enfrente a admirar su bonita voz
y le pidió que bajara, alegando que deseaba ver qué magnífico
animal tenía una voz tal. La cigarra sospechó el engaño, así que
arrancó una hoja y la dejó caer. La zorra corrió hacia la hoja como
si de la cigarra se tratara, y le dijo esta: «Pues estabas equivocada si
te pensabas que iba a bajar, pues yo me guardo de las zorras desde
que vi las alas de una cigarra en los excrementos de una».

Los hombres precavidos se dejan advertir por las desgracias de sus ve-
cinos.

LA HIENA Y LA ZORRA

Dicen que las hienas cambian de naturaleza cada año: uno son machos y, al siguiente, hembras. Una hiena vio a una zorra y le reprochó que no quisiera aceptarla como amiga. La zorra le contestó: «No me lo reproches a mí, sino a tu naturaleza, pues no me deja saber si tendré a un amigo o a una amiga».

Al hombre ambiguo.

LAS HIENAS

Dicen que las hienas cambian de naturaleza cada año, que a veces son machos y otras veces, hembras. Una vez, una hiena macho montó a una hembra contra natura, y ella le dijo: «Pues pronto sufrirás lo que estás haciendo».

A los gobernantes que piden cuentas a los que tienen por debajo pero que, a su vez, les han de rendir cuentas acerca de lo que sucede.

EL LORO Y LA COMADREJA

Uno que había comprado un loro lo dejaba volar suelto por la casa. El loro, debidamente domesticado, se posó de un salto en el hogar y empezó a garrir, encantador. Al verlo una comadreja, le preguntó quién era y de dónde venía. Él le respondió: «Recién me ha comprado el amo». «Pues vaya qué animal sinvergüenza», dijo la comadreja, «que, acabado de llegar, te atreves a pegar estos gritos.

A mí, que soy de la casa, los amos no me permiten ni abrir la boca. Es más, si alguna vez oso hacerlo, encolerizados, me echan a la calle. Y tú, sin miedo alguno, hablas con total libertad.» El loro le replicó diciendo: «Dueña de la casa, pues lárgate lejos de aquí, que los amos no se irritan con mi voz como con la tuya».

Al hombre malvado, que lanza vituperios a sus vecinos a causa de la envidia.

III

OTRAS FÁBULAS ESCOGIDAS
DE OTROS CÓDICES DE ESOPO

245

Un hombre cobarde se fue a la guerra. Cuando oyó graznar a unos cuervos, dejó las armas y se quedó quieto. Luego las recogió, y reemprendió la marcha. Cuando volvieron a graznar, se colocó justo debajo, y al fin les dijo: «Vosotros graznad cuanto podáis, que de mí no probaréis bocado».

El relato va sobre los sumamente cobardes.

246

Una mujer tenía por marido a un borracho y quería sacarlo de su dolencia, por lo que, astuta, ideó un plan. Mientras él dormía la mona, insensible como un muerto, se lo cargó a los hombros y lo llevó hasta el cementerio, lo soltó y se fue. Tan pronto como pensó que ya debía de estar sobrio, la mujer se acercó y golpeó la puerta del cementerio. El hombre dijo «¿Quién llama?», y la mujer contestó «Soy la que trae la comida a los muertos», a lo que replicó él: «Pero, querida, yo no necesito que me traigas de comer, sino de beber, pues recordando el comer y no el beber, me encuentro mal». Dándose golpes en el pecho, dijo ella: «Ay, qué desgraciada, pues ya nada puedo idear para ayudarte. Porque tú, hombre, no solo no has aprendido, sino que has empeorado: tu dolencia se ha establecido como hábito».

El relato muestra que no conviene que los malos hábitos se hagan crónicos, pues, aun sin desearlo, se instauran como costumbre.

247
DIÓGENES DE VIAJE

Diógenes el cínico estaba de viaje cuando se encontró enfrente de un río que se había desbordado. Se detuvo porque era impracticable cruzarlo. Uno que estaba acostumbrado a atravesarlo lo vio en apuros, se le acercó y lo pasó al otro lado. Agradecido Diógenes por la amabilidad del hombre, se reprochaba su pobreza porque no le permitía recompensar con nada a su bienhechor. Todavía pensaba en eso Diógenes cuando el otro vio a un caminante que no podía cruzar y, corriendo, fue a pasarlo. Diógenes se le acercó y le dijo: «Pues yo ya no te doy las gracias por lo que has hecho, pues veo que no lo haces por decisión, sino por costumbre».

El relato muestra que los que hacen el bien tanto a los que lo merecen como a los que no, no obtienen a cambio que se les considere bienhechores, sino insensatos.

248
DIÓGENES Y EL CALVO

Diógenes el filósofo cínico, al injuriarle un calvo, le dijo: «Pues yo no voy a insultarte, sino que aplaudiré a los pelos que han abandonado tan mal cráneo».

EL CAMELLO DANZARÍN

Un camello, obligado por su amo a danzar, dijo: «Pues no solo soy torpe cuando bailo, sino también cuando paseo».

La fábula habla de aquellos a los que les falta gracia en todas sus acciones.

250

EL NOGAL

A un nogal que se encontraba en el margen de un camino los caminantes le lanzaban siempre piedras. Él se lamentaba y decía para sus adentros: «Qué desgraciado soy, que cada año me procuro injurias y dolores».

La fábula es para los que sufren por sus propias virtudes.

251

LA ALONDRA

Una alondra, presa de una trampa, exhalaba un canto de dolor que decía: «Ay de mí, qué ave desafortunada y desgraciada soy, que nunca he robado oro, ni plata, ni nada precioso, y un granito de trigo me ha traído la muerte».

El cuento es para los que por una ganancia sin valor, se someten a grandes peligros.

EL PERRO, EL GALLO Y LA ZORRA

Un perro y un gallo que habían trabado amistad viajaban juntos. Les sorprendió la noche entrando en un bosque. El gallo se subió a un árbol y se posó en las ramas, mientras que el perro se tumbó en un hueco debajo del árbol para dormir. Y se fue la noche y sobrevino el alba, y el gallo, como de costumbre, se puso a cantar bien alto. Una zorra lo oyó y quiso darle caza, así que se acercó y, enfrente del árbol, le gritaba: «Buen pájaro que eres, y útil para los hombres, baja, que así cantaremos juntos las canciones nocturnas y nos lo pasaremos bien». El gallo le contestó: «Amiga, ve ahí abajo, al hueco del árbol, y llama al guarda, que así él picará la madera». La zorra se acercó a llamarlo y el perro dio un salto de pronto y descuartizó a la zorra a dentelladas.

El relato muestra que los hombres sensatos, cuando se les acerca algún mal, enseguida se disponen en orden de batalla.

EL PERRO Y EL CARACOL

Un perro acostumbraba a tragarse los huevos. Vio un caracol y lo engulló de un solo trago, creyendo que era un huevo. Sintió un gran peso en la panza y, dolorido, dijo: «Sufro lo que es justo, pues confío en que todo lo esférico es un huevo».

Nos enseña la fábula que los que se meten en cosas sin reflexionar, por descuido, se ven enredados con situaciones fuera de lugar.

EL PERRO Y EL CARNICERO

Un perro entró en una carnicería y, estando distraído el carnicero, arrambló un corazón y huyó. Cuando el carnicero se dio cuenta, pues lo vio huir, dijo: «Allí donde estés, te vigilo: pues no me has robado un corazón, sino que me lo has dado».

El relato muestra que a menudo el sufrimiento se vuelve aprendizaje para los hombres.

255

EL MOSQUITO Y EL LEÓN

Un mosquito fue a un león y le dijo: «Pues no te temo, porque no eres más poderoso que yo, y si no, ¿qué poder tienes? ¿Arañas con las garras y muerdes con los dientes? Eso también lo hacen las mujeres que pelean con los hombres. Yo soy mucho más fuerte que tú. Si quieres, ven y luchamos». Y, haciendo sonar su trompeta, el mosquito atacó mordiéndole en la cara, en la parte del hocico donde no hay pelo, y al tocarse con las garras, el león quedó tan compungido por el dolor, que se rindió. Habiendo el mosquito vencido al león, hizo sonar con la trompeta un canto triunfal, y alzó el vuelo. Al quedar enganchado en una tela de araña, a punto de ser devorado, lanzaba un lamento amargo por luchar contra grandes animales y perecer por un animal despreciable: la araña.

LAS LIEBRES Y LAS ZORRAS

Un día, unas liebres que luchaban contra unas águilas llamaron a unas zorras para que fueran sus aliadas. Y estas dijeron: «Os ayudaríamos si no supiéramos quiénes sois y contra quién lucháis».

La fábula muestra que los que rivalizan con los más fuertes fracasan y a la vez son objeto de burla.

257

LA LEONA Y LA ZORRA

A una leona le reprochaba una zorra parir un solo cachorro, y le dijo la leona: «Pero león».

La fábula muestra que lo bueno no está en la cantidad, sino en la virtud.

258

EL LEÓN ENFERMO, EL LOBO Y LA ZORRA

Un león viejo que estaba enfermo yacía en una cueva. Iban a visitar al rey, salvo la zorra, todos los animales. Entonces, el lobo, aprovechando la ocasión, criticó a la zorra delante del león, diciendo que ella no lo consideraba el animal que mandaba sobre los otros, y que por eso no había acudido a visitarlo. En estas, se presentó la zorra, y oyó las últimas palabras del lobo. El león le rugió, pero ella pidió la oportunidad de defenderse, y dijo: «¿Y quién de los que están aquí te ha sido más útil que yo, que he ido por todas partes buscando médicos y aprendiendo de ellos un remedio para ti?». Entonces, el león le pidió que le dijera el remedio, y la zorra dijo: «Desollar a un lobo vivo y cubrirse con su piel todavía caliente». El lobo cayó muerto de inmediato y la zorra, riéndose, dijo: «No hay que incitar al amo a la hostilidad, sino a la benevolencia».

El relato muestra que quien trama en contra de los demás, hace girar la argucia contra sí mismo.

259

EL LEÓN, PROMETEO Y EL ELEFANTE

Un león acusaba muy a menudo a Prometeo de que lo hubiera moldeado grande y bello, que le hubiera armado la mandíbula con dientes, que le hubiera fortalecido las patas con garras, haciéndole más fuerte que el resto de los animales, pero que: «Aun siendo así, el gallo me dé miedo». Y Prometeo le dijo: «¿Por qué me culpas sin razón? Pues tienes todo lo que yo puedo moldear; es tu alma sola la que se afeblece ante él». Lloraba el león y se acusaba de cobardía, y deseaba morir. En este estado, se encontró con un elefante que lo saludó y se detuvo a conversar con él. Al ver que todo el rato movía las orejas, dijo el león: «¿Qué te pasa? ¿No se te queda quieta, ni por un momento, la oreja?». Y el elefante, que resulta que le revoloteaba un mosquito alrededor, dijo: «¿Ves a este insignificante que zumba? Si me entra por el camino del oído, muero». Y el león: «Ya no necesito morir, pues soy más afortunado que el elefante: el gallo es más fuerte que el mosquito».

He aquí que el mosquito tiene tanta fuerza que hasta asusta a un elefante.

EL LOBO ORGULLOSO Y EL LEÓN

Un lobo vagaba por tierras desiertas,
declinaba el sol, bajaba a su puesta.
Su sombra alargada miraba y se dijo:
«¿Temer yo el león, yo que soy enorme?
Si ahora mido un pletro, ¿no seré el señor
de todas las fieras?». Un fuerte león
al lobo devora, al pobre orgulloso.
El lobo se exclama, cambiando de idea:
«Es la pretensión quien causa desgracias».

EL LOBO Y EL CORDERO

Un lobo perseguía a un cordero y este huyó a un templo. Lo llamaba el lobo y le decía que el sacerdote lo sacrificaría a la divinidad si lo capturaba, y el otro le dijo: «Me resulta más atractivo ser un sacrificio para el dios que ser devorado por ti».

La fábula muestra que los que están a las puertas de la muerte prefieren morir con gloria.

LOS ÁRBOLES Y EL OLIVO

Los árboles se reunieron para ungir a un rey, y dijeron al olivo: «Reina sobre nosotros». Les respondió el olivo: «¿Perder yo mi aceite, por el que me tienen en consideración la divinidad y los hombres, para marchar a ser el rey de los árboles?». Así que dijeron los árboles a la higuera: «Venga, reina sobre nosotros». Y les dijo la higuera: «¿Y perder yo mi dulzor y el bien de mis frutos para marchar a ser el rey de los árboles?». Y le dijeron al espino: «Venga, reina sobre nosotros». Y respondió el espino a los árboles: «Si de verdad me ungís para que reine sobre vosotros, venid bajo mi abrigo y, si no, que salga el fuego del espino y devore los cedros del Líbano».

263
EL ASNO Y LA MULA

Andaban juntos un asno y una mula, y cuando el asno vio que la carga era la misma para ambos, se irritó y se quejaba, pues si bien se consideraba que la mula era digna del doble de comida, su carga no era extraordinaria. Cuando llevaban poco camino, el arriero, al ver que el asno no podía soportarlo, le quitó un fardo y se lo cargó a la mula. Cuando habían avanzado más lejos, el asno todavía flaqueaba más, y otra vez traspasó la carga, hasta que cogiéndola toda, se la quitó y se la colocó a la mula. Y entonces ella, volviendo la mirada hacia él, le dijo: «¿Qué, todavía no te parece justo que me merezca el doble de comida?».

Pues en efecto, también a nosotros nos conviene no examinar la disposición del otro por cómo empieza, sino por cómo acaba.

264
EL ASNO Y EL PERRO QUE VIAJABAN JUNTOS

Un asno y un perro andaban por el mismo camino. Encontraron en el suelo una carta sellada, y el asno la cogió, rompió el sello, la abrió, y la leyó para que la escuchara el perro. La carta hablaba sobre pastos y forraje, cebada y paja. El perro escuchaba de mala gana lo que le leía el asno; entonces le dijo al asno: «Lee más abajo, amigo, no eso, a ver si encuentras algo sobre carne y huesos». El asno leyó toda la carta pero no encontró lo que el perro pedía, así que el perro dijo: «Tírala al suelo, amigo, no ofrece nada importante».

265
EL CAZADOR DE PÁJAROS Y LA PERDIZ

A un pajarero se le presentó un huésped antes de tiempo, y como no tenía nada para ofrecerle, se precipitó hacia la perdiz que había domesticado con la intención de sacrificarla. Ella le reprochó ser un desagradecido, pues le había sido útil muchas veces llamando y entregándole a sus congéneres, y él, a punto de matarla, le dijo: «Pues es por eso por lo que voy a sacrificarte, porque nunca liberas a tus congéneres».

La fábula muestra que los que entregan a sus familiares no solo son odiados por los traicionados, sino también por los favorecidos por la traición.

266
LAS DOS ALFORJAS

Cuando Prometeo moldeó a los hombres, les colgó dos alforjas, una con los males ajenos y la otra con los propios. Mientras que la de los extraños se la colocó delante, la otra la colgó detrás. De ahí que los hombres reconozcan a primera vista los males ajenos, pero no vean los suyos.

Puede usarse esta fábula contra el hombre metomentodo que, ciego en sus asuntos, molesta en los que no le conciernen.

EL PASTOR Y EL LOBO QUE CRECIÓ ENTRE PERROS

Un pastor encontró a un lobezno recién nacido, lo recogió y lo crió con sus perros. Cuando creció, si un lobo arrebataba una oveja, él lo perseguía con los perros. Pero si alguna vez los perros no podían alcanzar al lobo, y por ello regresaban, él lo seguía hasta que lo alcanzaba y compartía, lobo como era, la presa; luego regresaba. Pero si ningún lobo foráneo arrebataba una oveja, lo hacía él a escondidas, e invitaba al banquete a los perros. Hasta que el pastor sospechó y comprendió lo que hacía, así que lo mató colgándolo de un árbol.

El relato muestra que la naturaleza malvada no cría un buen carácter.

268

EL GUSANO Y LA SERPIENTE

Había una higuera en el margen de un camino. Un gusano vio a una serpiente dormida y envidió su longitud. Quiso emularla, por lo que se echó a su lado e intentaba extenderse hasta que, sin querer, de tanto forzar, se desgarró.

Eso es lo que sufren los que compiten con los más fuertes, pues se desgarran antes de alcanzarlos.

269

EL JABALÍ, EL CABALLO Y EL CAZADOR

Un jabalí y un caballo pastaban en el mismo lugar. El jabalí, a cada rato, estropeaba la alfalfa y enturbiaba el agua, y el caballo quería vengarse, por lo que fue a buscar la alianza de un cazador. Este le dijo que no podía ayudarle a menos que se sometiera a la brida y lo aceptara como jinete. El caballo se sometió a todo, y el cazador se montó en él, combatió al jabalí y condujo el caballo al pesebre, donde lo ató.

Así, muchos, por una pasión irracional, deseando vengarse de sus enemigos se lanzan a estar sometidos por otros.

270
LA PARED Y EL CLAVO

Una pared perforada con violencia por un clavo gritó «¿Por qué me perforas si yo no te he hecho nada?», y el otro dijo: «No soy yo la causa, sino el que me golpea con fuerza por detrás».

271
EL INVIERNO Y LA PRIMAVERA

El invierno se burlaba de la primavera y le echaba en cara que en cuanto aparece, no deja a nadie tranquilo, pues el que gusta de recoger flores y lirios o ponerse rosas en torno a los ojos y adornarse el pelo va al prado y al bosque. Otro se embarca y cruza el mar, para llegar a otras gentes, y ya nadie se preocupa de los vientos o de los aguaceros. Dijo: «Yo, en cambio, soy como un dueño y señor absoluto, ordeno que no miren al cielo, sino abajo, al suelo, y que tengan miedo y tiemblen, y les fuerzo a estar contentos de pasar el día entero en casa». Respondió la primavera: «Y por consiguiente, los hombres se libran de ti con alegría. De mí, hasta el nombre les parece bonito y, por Zeus que es el más bonito de los nombres, por eso cuando estoy lejos me recuerdan y cuando aparezco, se ponen exultantes de alegría».

LA PULGA Y EL HOMBRE

Molestaba a uno la pequeña pulga.
Él va y la captura, y le dice a gritos:
«Escúchame, tú, ¿por qué me devoras
los miembros enteros? ¡Me picas sin causa!».
Y ella vocifera: «Déjame que viva,
pues causar no puedo males importantes».
El hombre se ríe, y le da respuesta:
«Te mato ahora mismo, con mis propias manos,
pues grande o pequeño, el mal no conviene,
sea como sea, dejarlo que crezca».

La fábula muestra que no hay que compadecer el mal, sea grande, sea pequeño.

LA PULGA Y EL BUEY

Una vez, una pulga le preguntó a un buey: «¿Qué has sufrido para que, día tras día, estés esclavizado por los hombres, si eres enorme y vigoroso? En cambio, yo les despedazo la carne de forma abusiva, y les chupo la sangre a boca llena». Y dijo el buey: «No seré desagradecido con la estirpe de los mortales, pues me cuidan y aman de una forma extraordinaria, me frotan la frente y el lomo constantemente». Y ella: «Pues para mi desgraciada, este frotamiento es el destino más lamentable cuando por mala suerte se me acerca».

Los fanfarrones de palabra son reducidos hasta por el más sencillo.

IV

FÁBULAS DE ORIGEN BABRIANO, EN VERSO O EN PROSA, LOS ARGUMENTOS DE LAS CUALES NO HAN SIDO ANTES TRATADOS

274

LAS COSAS BUENAS Y LAS COSAS MALAS

Que de las cosas buenas no se saca nada con presteza, pues para cada bien, hay un mal que lo vence.

Las cosas malas dieron caza a las buenas, porque eran débiles, y las echaron al cielo. Las cosas buenas preguntaron a Zeus cómo estar con los hombres. Este dijo que no debían llegar todas juntas a ellos, sino de una en una. Por ello, las cosas malas llegan sin cesar a los hombres, porque están cerca de ellos, pero las cosas buenas bajan del cielo solo de vez en cuando.

275

EL ÁGUILA DESPLUMADA

Que es necesario devolver los favores a los bienhechores y, con prudencia, alejarse de los malvados.

Una vez un águila cayó en manos de un hombre que le recortó las alas y la dejó campar con los gallos, en el corral. Decaída, no comía nada, estaba triste: igual que un rey en cautiverio. La compró otro hombre y le restituyó las plumas, pues las hizo rebrotar ungiéndolas con aceite. Ella alzó el vuelo y, con sus garras, cazó a una liebre, que llevó en recompensa al hombre. Una zorra que lo vio, dijo:

«No le des a este, sino al primero, pues este es bueno por naturaleza. Si le fueras propicia al otro y, por azar, volviera a cazarte, no te despoblaría las alas».

276
EL ÁGUILA HERIDA POR UNA FLECHA

Que es más punzante el dolor cuando se recibe el ataque de lo que es propio.

Aposentada en lo alto de una roca, un águila vigilaba una liebre para darle caza. Uno le disparó con el arco, y la flecha se le clavó bien adentro. Con la muesca de la flecha, hecha con plumas, ante sus ojos dijo: «Se dobla mi dolor, pues me mata lo que está hecho con mis propias plumas».

277
(BABRIUS 12) EL RUISEÑOR Y LA GOLONDRINA

Voló desde el campo una golondrina,
encontró en un bosque a un ruiseñor,
que fuerte plañía, con su voz chillona,
la muerte a deshora de la joven Itys.
Se reconocieron a través del canto,
se acercan volando, conversan un rato.
Habla la primera: «Querida, ¿aún vives?
no te veía desde lo de Tracia.
Los dioses crueles nos han alejado.
[Ni siendo unas vírgenes estuvimos juntas.]
Pero ven al campo, junto al hombre anida.
compartamos casa, seamos amigas,

canta a los labriegos, no para las fieras.
[Deja el bosque abierto, cerca de los hombres
convive conmigo, bajo el mismo techo.]
¿Para qué el rocío, la escarcha nocturna,
que el calor te abrase, que todo te dañe?
Tú que cantas claro, que no te lastimes».
El ruiseñor dice, con voz estridente:
«Deja que me quede en rocas desiertas,
no hagas que me aparte de parajes tales.
Rehuyo a mi marido, y también a Atenas.
Es que cada casa y todos los hombres
el dolor reabren de antiguas desdichas.
[Me apacigua en parte, muchos de mis males
la palabra clara, cantar apartada.
Me duele que alguien, que en flor me haya visto,
pueda verme ahora, me siento humillada.]

278
(B.15) EL ATENIENSE Y EL TEBANO

Iban un tebano y un ateniense
juntos en camino, con razón hablaban.
Fueron discurriendo, hasta los héroes.
El cuento alargaron, no era necesario.
Cantaba el tebano al hijo de Alcmene
el célebre hombre, que ahora es un dios.
El de Atenas dijo que mucho mejor
sería Teseo, pues suerte divina
en vida obtuvo, Heracles de esclavo.
Venció con lo dicho: experto rétor.
El otro beocio no tenía gracia
diciendo palabras, rústico cantaba:

«Pues tú has vencido. Se irrite Teseo
con todos nosotros, aquel con vosotros».

279
LA CABRA Y EL ASNO

Que quien maquina engaños contra otro se convierte él mismo en el causante de sus propios males.

Uno criaba a una cabra y a un asno. La cabra, celosa del asno porque recibía más alimento, le dijo: «Sufres muchos castigos: ahora moler, ahora cargar». Le aconsejó que fingiera sufrir un ataque y se dejara caer en un hoyo, pues así obtendría descanso. Él, confiado, se tiró a un hoyo, pero quedó maltrecho. El amo llamó al médico, que dijo que hiciera una infusión con los pulmones de una cabra, que así se curaría. Sacrificaron a la cabra para curar al asno.

280
(B.3) LA CABRA Y EL CABRERO

Llamaba el cabrero a todas las cabras
que al redil entraran. Algunas no fueron.
La desobediente, pastando en barranco
comía hojas tiernas. Recibió pedrada
que le rompió un cuerno, lanzada de lejos.
Suplicó el cabrero: «Mi amiga, mi cabra,
por Pan que los valles aguarda y vigila,
al amo, cabrita, ay, no me delates.
Lanzando la piedra, te di sin querer».
Pero ella le dijo: «No puedo esconderlo,
pues mi cuerno grita, aunque yo me calle».

(B.5) LOS GALLITOS DE TANAGRA

Pelearon dos gallos que eran de Tanagra,
que son tan valientes, dicen, como un hombre.
El que era más débil quedó muy herido,
está avergonzado, se esconde en la casa.
El otro enseguida salta hasta el tejado
batiendo las alas y cacareando.
Lo arrambla del techo con la garra un águila,
queda libre el otro para rondar hembras:
el premio se lleva, sin haber vencido.
No seas orgulloso, fanfarrón tampoco,
si por azar vences a otro más débil.
Muchos se han salvado por no haber triunfado.

282

(B.4) EL PESCADOR Y LOS PECES

La red recogía uno que pescaba,
y estaba bien llena de peces variados.
Los peces menudos huían al fondo
por los agujeros se iban escurriendo,
cazados los grandes, yacían en el barco.
Y es que ser pequeño es la salvación
al librar de males. A uno muy famoso
no lo verás nunca fuera de peligro.

(B.11) LA ZORRA DEL RABO ARDIENTE

Quería echar uno del huerto a una zorra,
por ser enemiga, con raro castigo:
le ata lino al rabo y le prende fuego,
deja que se vaya. Un dios la guardaba,
la lleva a los campos del hombre malvado,
con el fuego a cuestas. Es tiempo de siega,
la mies rebosante de frutos maduros.
La persigue el hombre, lamenta su esfuerzo,
mas Demeter nunca llegó a ver el prado.
Hay que ser afable, contener la furia,
pues la ira se venga, ¡que pueda guardarme!,
devuelve los males a los iracundos.

284

EL HOMBRE Y EL LEÓN QUE VIAJABAN JUNTOS

Que a muchos que fanfarronean, con palabras, de ser viriles y audaces, la prueba de la experiencia les refuta.

Viajaba un león con un hombre, y cada uno se vanagloriaba de los suyos, hablando. Se encontraron en el camino una estela pétrea de un hombre que estrangula a un león. El hombre se la mostró al león y dijo: «¿Ves como somos más fuertes que vosotros?». Y el otro dijo, con una media sonrisa: «Si los leones supieran esculpir, verías muchos hombres debajo de un león».

(B.119) EL HOMBRE QUE ROMPIÓ UNA ESTATUA

Tenía un artesano de madera un Hermes.
Le hacía libaciones, también sacrificios,
y aun así era pobre. Con el dios irado,
al suelo lo lanza, tirando del muslo.
La cabeza rota: oro le brollaba.
Lo coge diciendo: «Oh, Hermes divino,
eres torpe e ingrato si te son amigos,
pues nada me dabas cuando te adoraba,
te ultrajo y a cambio me ofreces tus bienes.
La piedad es nueva, no la conocía».
[Incluye Esopo dioses en sus fábulas,
pues quiere advertirnos de unos y otros.
No sacarás nada de honrar a los torpes,
te será más útil cuando les deshonres.]

286

LA ARAÑA Y EL LAGARTO

Encontró un lagarto la tela de araña
cortando los hilos pasó el tenue muro … [Fragmento incompleto.]

287

(B.8) EL ÁRABE Y EL CAMELLO

Pregunta al camello un árabe un día,
si ir por arriba o ir por abajo.
Este le responde, cerca de la musa:
«¿El camino llano, es que está cerrado?».

(B.14) EL OSO Y LA ZORRA

Se jactaba un oso de amar mucho al hombre
que siendo un cadáver no lo agarraría.
Le dijo una zorra: «Sería preferible
que lo lleves muerto y lo dejes vivo».

Quien me dañe en vida, no me llore muerto.

(B.120) LA RANA MÉDICO

Quien goza en la sombra, habita en estanques,
bien cerca del agua, es esta la rana.
Se acerca a la tierra, les dice a las bestias:
«Médico yo soy, experto en remedios
que nadie conoce, siquiera Peán
que habita el Olimpo y cura a los dioses».
Le dijo la zorra: «¿Curar a los otros
pálida como eres, si a ti no te salvas?».

(B.21) LOS BUEYES Y LOS CARNICEROS

Querían los bueyes matar carniceros,
profesión hostil, la que tienen estos.
Se reúnen todos para la batalla,
se afilan los cuernos. Uno de los bueyes,
el que era más viejo, mucha tierra arada:
«Ellos nos degüellan con manos expertas,

nunca nos torturan. Si inexpertas manos
nos caen encima, va a doler la muerte.
Pues hay sacrificios, y no va a faltar
quien mate a los bueyes, sin los carniceros».

Quien huye de un mal que tiene presente,
no obtener procure algún mal peor.

291
(B.20) EL BOYERO Y HERACLES

Conducía un carro un día un boyero,
y por una sima se le cae el carro.
Mas no lo rescata, se queda plantado.
Suplica a Heracles, el único dios
de todo el Olimpo que adora y le honra.
Se aparece el dios: «Agarra las ruedas,
espolea a los bueyes. Se reza a los dioses
cuando se hace algo, si no es bien inútil».

292
(B.55) EL BUEY Y EL ASNO QUE ARABAN

Tenía uno un buey, y en su mismo yugo
un asno labraba: apaño de pobre.
Acabado el día, van a desatarlos,
y el asno pregunta al buey a su lado:
«¿Quién llevará al viejo todos los aperos?».
Y el buey le responde: «Quien solía hacerlo».

293

(B.27) LA COMADREJA CAPTURADA

Con trampa uno apresó a una comadreja,
y la sumergía en profundas aguas.
Se ahogaba y decía: «Mala recompensa
por mi útil trabajo cazando ratones».
«Te lo reconozco, pero me has matado
todas las gallinas, robado en la casa,
[abriendo los cofres, causa de tu muerte]
me has perjudicado más que me has servido.»

294

(B.65) LA GRULLA Y EL PAVO REAL

La ceniza grulla discute a un pavo
que bate constante sus alas doradas:
«Pues yo con las mías, del color te mofas,
llego hasta el cielo, volando y graznando.
Tú con las doradas, vas a ras de suelo
como un simple gallo, jamás en lo alto».
Prefiero admirarme con ropas ajadas,
que vivir sin gloria con ropas lujosas.

295

(B.2) EL CAMPESINO QUE PERDIÓ LA AZADA

Cavaba en la viña un día un campesino,
y al perder la azada la busca y pregunta
si algún labrador la había robado.

Todos lo negaron. Sin saber qué hacer
van a la ciudad, que den juramento,
pues creen que los dioses que son más simplones
viven en el campo, y entre las murallas
los hay veraces y que lo ven todo.
Entran por las puertas, en la fuente lavan
los pies y las manos, dejan sus alforjas.
Dice el pregonero que darán mil dracmas
a quien algo sepa del robo en el templo.
Lo escucha aquel hombre: «He venido en vano,
pues, cómo este dios va a ver los ladrones,
si no reconoce los que le han robado,
y ofrece dinero a quien algo sepa?».

296
EL CAMPESINO Y EL ÁGUILA LIBERADA

Que conviene devolver la gracia de quien ha sido amable, pues si haces el
bien, te será recompensado.

Un campesino cazó un águila y, admirado por su belleza, la dejó
libre. Ella no dejó sin recompensa la gracia concedida, sino que,
viéndolo sentado bajo un muro que se derrumbaba, se acercó volando y, para hacerlo levantar, le agarró el turbante que llevaba en
la cabeza. El hombre se puso en pie, corrió, y el águila soltó lo que
había cogido. Lo recogió el hombre, y al girarse se encontró que el
muro había caído justo donde él se había sentado. Se dio cuenta
de que le había devuelto el favor.

(B.26) EL CAMPESINO Y LAS GRULLAS

Se hartaban las grullas de granos de trigo
de reciente siembra por un campesino.
Blandía una honda que estaba vacía
para que, asustadas, se fueran por miedo.
De aire los disparos, no se iban las grullas
y allí se quedaban, pues se confiaban.
Dejó lo que hacía, piedras disparaba,
y tocaba a muchas. El campo abandonan,
se marchan graznando, dicen entre ellas:
«Huyamos a tierra, la de los pigmeos,
ahora hace algo, empieza a activarse,
de aquí nos marchamos, y no volveremos».

(B.33) EL CAMPESINO Y LOS ESTORNINOS

Caían las Pléiades, época de siembra,
un labriego echaba el trigo al barbecho.
Se quedó a guardarlo: pues la gran unión
de la negra estirpe, ruidosas grajillas
y los estorninos, destruían campos.
Con un zagal iba con honda vacía.
Las aves, usadas a escucharlo siempre
pedirle la honda, se desbandaban
antes del disparo. Halló otra artimaña,
y al niño llamaba, así la explicaba:
«Vamos a engañarlas, las hábiles aves.
Al punto que vengan, el pan yo te pido.
No me das el pan, me entregas la honda».

Los pájaros llegan, picotean el trozo.
Pide pan el hombre, y ellos no huyen.
Le entrega la honda, y un montón de piedras.
El viejo las lanza: le da a una en la frente,
a otra en la pata, a otra en el lomo,
y el resto por miedo que huye del trozo.
Toparon las grullas, que les preguntaron
qué había ocurrido. «Rehuímos la tribu
de los hombres malos, pues han aprendido
a decirse cosas, mas practican otras».
[Terrible la estirpe de los engañosos.]

299
EL CAMPESINO Y EL ÁRBOL

Que tanto como los hombres cuidan y honran lo que es bueno por naturaleza, persiguen lo provechoso.

Había un árbol en las tierras de un campesino que no daba fruto, sino que solo era el refugio de gorriones y de ruidosas cigarras. El campesino, como el árbol era infructuoso, iba a cortarlo. Cuando cogió un hacha y lo golpeó, las cigarras y los gorriones le suplicaron que no talara su refugio, que lo dejara vivo, pues era agradable, y también el campesino podía disfrutarlo. Pero no les hizo caso: dio un segundo golpe, y un tercero. Al ahuecar el árbol, encontró una colmena de abejas, con miel. Al probarla, lanzó el hacha y se puso a honrar y venerar el árbol.

(B.37) EL TERNERO Y EL BUEY

Un ternero erraba, nunca subyugado.
Le dice a un toro que arrastra el arado:
«Tú eres desgraciado, con dolor trabajas».
El buey se callaba, labrando la tierra.
Y van los camperos a honrar a los dioses,
desyugan al viejo, que a pastar se vaya,
y al novillo indómito lo atan por los cuernos,
lo llevan a rastras, que ensangrente el ara.
El viejo le llama y le vocifera:
«Para eso te guardan sin darte trabajo.
El joven me avanza para el sacrificio,
el hacha te roza, aunque nunca el yugo».
[Al trabajo, elogio; peligro en el ocio.]

301

(B.10) LA ESCLAVA Y AFRODITA

Amaba a la esclava, fea y malcarada,
y todo le daba, el noble señor.
Cargada con oro, delicada púrpura,
discutía siempre al ama de casa.
A Afrodita honraba como causa de ello,
le encendía lámparas, y le suplicaba,
hacía sacrificios cada nuevo día.
Le vino la diosa, estando dormidos,
en sueños le dice, se le hace presente:
«No me des las gracias, yo no te he hecho bella,
sino que me irrita que él te vea hermosa».
[Quien goza lo feo tomado por bello
está enloquecido, razonar no puede.]

(B.142) LAS ENCINAS Y ZEUS

Se van las encinas ante el dios Zeus,
le hacen un reproche, esto le dedican:
«Padre fundador de todas las plantas,
si han de talarnos, ¿por qué nos creaste?».
Y Zeus sonriente así les responde:
«Pues sois las culpables, dais las herramientas,
si todos los mangos no producierais,
en casa campestre hachas nunca habría.

(B.38) LOS LEÑADORES Y EL PINO

Unos leñadores talaron un pino,
le introducen cuñas, para estando abierto
les fuera más fácil trabajarlo luego.
El pino lamentaba: «¿Por qué culpo al hacha
que de mí no viene, que no es mi raíz?
Pues son estas cuñas, de las que soy madre,
que a un lado y otro, me están destruyendo».
[El mito revela, a todos nosotros,
que el mal que venga a un hombre de fuera
no se sufre tanto como si es de dentro.]

(B.64) EL ABETO Y LA ZARZA

Abeto y zarza discutiendo estaban.
Se loaba el abeto de muchas maneras:

«Yo soy muy hermoso, y de gran altura,
me elevo empinado, vecino de nubes,
mástil de las naves, la quilla de barcos.
¿Como tú, espino, con árbol te mides?».
La zarza le dijo: «Si tienes memoria,
las hachas te talan, siempre te destruyen,
tú preferirías, créeme lo que digo,
pues ser una zarza, que nunca nos talan».
[Los hombres ilustres tienen mucha gloria,
pero se someten a muchos peligros.]

305
(B.46) EL CIERVO ENFERMO

Un ciervo tenía las patas dañadas,
y echado en un prado de verde lentisco,
tenía el pasto a mano, cuando estaba hambriento.
Iban de visita muchos animales,
pues el ciervo era un vecino amable.
Al ir cada uno, comían la hierba
y al bosque volvían, olvidando al ciervo.
Y este por hambre, y no por enfermo,
no pudo doblar ni la edad del cuervo.
Pero sin amigos, podría ser viejo.

306
(B.117) HERMES Y EL HOMBRE AL QUE LE MORDIÓ
UNA HORMIGA

Se hundía una nave con todos sus hombres,
y al verlo alguno, dijo ser injusto

el juicio divino, pues por un malvado,
que había embarcado, sin culpa morían.
Y diciendo esto, como pasa a veces,
llegó un enjambre enorme de hormigas,
buscando las pieles de granos de trigo.
Y una que le muerde, él aplasta a muchas.
Se apareció Hermes, da golpe de vara:
«¿Y tú no soportas que os juzguen los dioses
y acabas de hacerlo con estas hormigas?».

307
(B.30) HERMES Y EL ESCULTOR

Un Hermes de mármol puso uno a la venta.
Lo querían dos hombres: uno como estela
(pues recientemente su hijo había muerto),
el otro artesano al dios consagrarla.
Pasaron las horas, no había vendido.
Quedó con los hombres por la otra mañana.
Dormía el escultor, vio que el mismo Hermes,
en puertas del sueño, se le aparecía:
«Ahora sopesas cuál es mi destino,
si me haces un muerto o me dejas dios».

308
(B.48) HERMES CUADRANGULAR Y EL PERRO

A medio camino un Hermes se alzaba,
un montón de piedras tenía como base.
Un perro se acerca: «Te saludo, Hermes,
primero de todo, luego ya te unjo,

no pase de largo de atletas el dios».
Y le dijo el otro: «Mientras no me lamas
aceite que tengo, no te mees encima,
ya te doy las gracias: no me des más honras».

309
(B.57) EL CARRO DE HERMES Y LOS ÁRABES

De engaños un carro Hermes lo cargaba,
todas las malicias estaban presentes.
Lo lleva por tierra, a todas las tribus
entrega porciones, menudas e iguales.
De fraude lo carga. Pues llega a la tierra
de todos los árabes, y va por cruzarla.
Dicen que de golpe se le rompe el carro,
está embarrancado. Ellos lo asaltaron,
se llevan la carga, como si esa fuese
de un mercader rico. Se lo vaciaron.
Y no lo dejaron llegar a más gentes.
De ello que los árabes, yo bien lo he probado,
sean mentirosos, no tiene su lengua
ni un solo vocablo que la verdad diga.

310
(B.54) EL EUNUCO Y EL VIDENTE

Consulta un eunuco a uno que es vidente
si va a tener hijos. El hígado abierto:
«Si le hago caso, tú vas a ser padre.
Mas miro tu cara: ni hombre pareces».

ZEUS, LOS ANIMALES Y LOS HOMBRES

Que siendo honrados por el dios con el habla, hay algunos que no lo perciben y envidian a los animales, que carecen de razón y de habla.

Dicen que, primero, el dios moldeó a los animales y les otorgó gracias: a unos vigor, a otros velocidad o alas. El hombre, que estaba desnudo, dijo: «Solo a mí has dejado sin gracia». Y respondió Zeus: «No percibes el don que te he otorgado, que es el mayor de todos. Has recibido la palabra, que tiene poder entre los dioses y entre los hombres, es más poderosa que los poderosos y más veloz que los veloces». Entonces, reconociendo el don, el hombre le hizo una reverencia y le dio las gracias.

312

(B.58) ZEUS Y LA TINA DE LAS COSAS BUENAS

Zeus en una tina puso lo que es útil.
La tapa y la emplaza por entre los hombres.
No contiene el hombre su anhelo y ansia
de ver lo de dentro, le quita la tapa.
Se elevan al cielo, casa de los dioses,
volando de tierra, huyen a lo alto.
Queda la esperanza, pegada a la tapa.
Por ello los hombres tienen esperanza,
que promete darles las cosas buenas
que ya muy temprano huyeron al cielo.

313

Mandó Zeus a Hermes que escribiera en barro
faltas e injusticias de todos los hombres
y las apilara en una gran cesta,
puesta junto a él, para examinarlas.
Poder imponer el castigo exacto
para cada hombre. Como los pedazos
están apilados, unos llegan antes
a las manos de Zeus, pero otros más tarde.
Que no nos sorprenda que quien haya pronto
cometido el mal, tarde sufra de este.

314
(B.24) HELIOS Y LAS RANAS

En las bodas de Helios, en tiempo de estío,
al dios festejaban las bestias alegres.
Y también las ranas, bailando en las charcas.
Pero un sapo dijo, para detenerlas:
«No es día de peanes, sino preocupante,
pues si solo seca todos los estanques,
¿qué no sufriremos, si ahora casado
engendra tal hijo que se le parezca?».
Y muchos se alegran, sin nada pensar,
de cosas que nunca servicio darán.

(b.62) LA MULA

La mula, ociosa, forraje comía,
bien alimentada, corría y decía,
la crin sacudiendo: «Mi madre que es yegua,
a mí no supera corriendo carreras».
Frenó su carrera, calló cabizbaja,
pues hija de un asno se recordó que era.

316

HERACLES Y ATENEA

Que lo que parece calmado es la principal causa de los grandes males de guerras y disputas.

Andaba por un estrecho camino Heracles. Vio en el suelo algo parecido a una manzana e intentó aplastarlo. Al ver que crecía el doble, lo golpeó aún más fuerte con el garrote. Aquello aumentó de magnitud y bloqueó el camino. Heracles tiró el garrote, admirado. Se le apareció Atenea, que le dijo: «Detente, hermano, esa cosa es la disputa y el conflicto: si la dejas, si no luchas contra ella, se queda como era al principio, pero si la atacas se hincha de esta manera».

317

(b.75) EL MÉDICO QUE NO EJERCÍA

Había un médico que nunca ejercía.
Decían otros médicos: «No has de temer, hombre,
que vas a salvarte; tu dolencia es larga,

mas vas a sanar». A todo doliente
decía él siempre: «Yo nunca te engaño,
tenlo todo a punto, te morirás pronto,
el día que viene no lo sobrevives».
Así les hablaba, y jamás volvía.
Al tiempo aquel hombre sanaba y salía
mas pálido y débil, andar le costaba.
El médico iba: «¿Qué tal allí abajo
están los del Hades?». Y el otro decía:
«Bien en paz bebiendo las aguas del Leteo.
Pues justo Perséfone y el magno Plutón
lanzan amenazas a todos los médicos,
que evitan la muerte de muchos enfermos.
Inscriben a todos, tú eras el primero,
pero yo, espantado, me puse delante,
toqué yo sus cetros, y juré enseguida
que tú no eres médico, que siempre has tenido
esta mala fama, que es una mentira».

318

(B.29) EL CABALLO VIEJO

Un viejo caballo a moler fue puesto
uncido a la muela, molía de día.
Y se lamentaba, en suspiros dijo:
«Yo antes corría, ¡qué vueltas ahora!».
No excedas en loas a la juventud,
pues muy a menudo la vejez se sufre.

319

(B.83) EL MOZO DE CUADRAS Y EL CABALLO

Vendió la cebada a unos posaderos
un mozo de cuadra, y estuvo bebiendo.
El día pasaba peinando al caballo,
hasta que este dijo: «Si de verdad quieres
que esté bien bonito, no vendas mi pasto».
[Quien ame a un amigo, le dé lo vital,
también conveniente, pues de nada vale
tener guarniciones si falta alimento.]

320

(B.76) EL CABALLO Y EL SOLDADO

Durante la guerra, su propio caballo,
con heno y cebada, nutría el caballero,
pues él lo tenía por noble soldado.
Al pasar la guerra, llegó ya la paz,
y el sueldo de Estado dejó de ganar:
el pobre caballo del bosque traía
troncos de madera hacia la ciudad,
llevando gran carga por mísero sueldo
su alma salvaba a cambio de paja,
cargado de fardos, y no de jinete.
Pero ante los muros, de nuevo se oían
sonidos de guerra. Limpiar los escudos
manda la trompeta, que afilen el hierro,
preparen caballos. Embrida el rocino
nuestro caballero, móntalo de nuevo.
Le fallan las patas, ya no tiene fuerzas,
le dice a su amo: «De hoplita te alistas,

pues me has cambiado de caballo a asno,
y no puedo ahora ser lo que era antes».

321

(B.40) EL CAMELLO EN EL RÍO

Cruzaba un río, fluida corriente,
con giba un camello, y en este se caga.
Le adelanta el fiemo, y dice el camello:
«Qué mal que me pase, lo que ir detrás debe».
[La fábula esópica habla de ciudades
que son gobernadas por los hombres malos.]

322

(B.109) EL CANGREJO Y SU MADRE

«No vayas torcido», le dijo su madre
al joven cangrejo, «no andes inclinado
por la húmeda roca», y dijo el cangrejo:
«Mi madre y maestra, cuando andes tú recto».

323

EL CUERVO Y HERMES

Que los que son arrogantes con sus bienhechores, cuando se encuentran en
peligrosas circunstancias no obtienen auxilio.

Un cuervo capturado por una trampa prometía a Apolo ofrendas
de incienso. Se salvó del peligro, pero olvidó su promesa. De nuevo fue capturado por una trampa, pero en vez de a Apolo, prome-

166

tió ofrendas a Hermes. Y este le dijo: «Oh malévolo, ¿cómo voy a confiar en ti si antes no has pagado y has traicionado a tu dueño?».

324
(B.78) EL CUERVO ENFERMO

Dijo un cuervo enfermo a su triste madre:
«No llores más madre, mas reza a los dioses
de este mal me curen, largo y doloroso».
«¿Qué dios va a salvarte?», le dijo la madre,
«¿qué altar de qué dios tú no has arrasado?»

325
(B.88) LA ALONDRA Y EL CAMPESINO

Entre hojas de trigo anidó una alondra,
que responde al alba al canto calandrio.
Nutrió a sus polluelos con granos de trigo,
ya tenían cresta, las alas bien fuertes.
El dueño del campo a examinar iba,
y al ver amarillo todo el trigal dijo:
«Es hora que llame: ¡a segar amigos!».
Lo oyó un polluelo, de cresta crecida,
y avisó a su padre, a ver dónde irían.
Mas tranquilo el padre le dijo a su hijo:
«No importa que huyamos, confía en amigos
que no van aprisa». Volvió el campesino,
vio caído el trigo por rayos solares,
pensó dar un sueldo no solo a quien siega
sino a quien gavilla al día siguiente.
Así que la alondra dijo a los polluelos:

«Es hora que huyamos, salgamos volando,
pues es él quien siega, y no sus amigos,
marchemos de prisa, del campo de trigo».

326
(B.92) EL CAZADOR COBARDE

No era muy valiente uno que a un león
seguía por bosques, en sombríos cerros.
Cerca de un gran pino al leñador dijo:
«¿Has visto las huellas, ruego por las ninfas,
de un león de aquí?». Y el otro le dice:
«Por un dios guiado parece que llegas,
al león te muestro en este momento».
Le tiemblan los dientes, palidece el rostro:
«No me favorezcas más de lo pedido,
¿dónde estan las huellas? Al león ni verlo».

327
(B. 61) EL CAZADOR Y EL PESCADOR

Del monte venía uno con la caza;
con peces en cesta, venía el pescador.
Los dos se encontraron, dichoso el azar.
Quería el cazador los peces del mar,
el otro anhelaba la caza del monte.
Se dieron en cambio lo de cada uno,
y así cada día, el uno y el otro
plácidos comían. Y les dijo uno:
«Hará la costumbre que prefiráis luego
más que esto de ahora, lo que antes teníais».

(B.42) EL PERRO EN EL BANQUETE

De un sacrificio, celebró el banquete
un hombre en la urbe. Su perro invitó
a un amigo suyo a que fuera al festín.
Cuando llegó este, le agarró la pata
el que cocinaba, lo lanzó a la calle.
Los perros amigos qué tal la comida
fueron a decirle. «Pues inmejorable,
si yo ni recuerdo por donde he salido».

329

EL PERRO CAZADOR

Que conviene no ponerse en riesgo por comida y fama inútil, sino huir de los peligros.

Un perro criado en casa, al saber que debía luchar con fieras y ver que había muchas en orden de batalla, tiró el collar que llevaba en el cuello y huyó por la calle. Los otros perros lo vieron bien alimentado, fuerte como un toro, y le preguntaron: «¿Por qué huyes?». Y contestó: «Bien sé que he vivido con extraordinario alimento, que ha disfrutado mi cuerpo, pero siempre estoy cerca de la muerte, luchando con leones y osos». Y los otros se decían entre ellos: «Buena vida la nuestra, aunque seamos pobres, pues no tenemos que luchar con leones ni osos».

330

(B.110) LA PERRA Y EL AMO

A punto de salir, le dijo a su perra:
«¿Qué haces boquiabierta? Prepáralo todo,
tú vienes conmigo». Meneando el rabo:
«No me falta nada, eres tú quien tarda».

331

(B.69) EL PERRO Y LA LIEBRE

Seguía un perro, en la caza experto,
a la liebre peluda. A media carrera
abandona el perro, y un pastor se mofa:
«Aunque es más pequeña, te saca ventaja».
Y el perro contesta: «Correr a cazar
en mucho difiere de escapar de muerte».

332

(B.104) EL PERRO CON UNA ESQUILA

El amo de un perro que siempre mordía
le forjó una esquila y se la ató al cuello
para distinguirlo al venir de lejos.
Se fue el perro al ágora, meneando la esquila
y dándose aires. Una vieja perra:
«¿Mas de qué presumes? Eso que nos muestras
tu virtud no prueba, pobre desgraciado,
sino que demuestra que eres muy malvado».

LA LIEBRE Y LA ZORRA

Que a los curiosos les ocurren grandes males por su propia curiosidad.

Una liebre a una zorra: «Dicen que eres muy astuta. ¿De qué se trata tu astucia?». «Si no la conoces, ven a comer a casa», contestó la zorra. La liebre la sigue, pero en casa no había nada de comer, a parte de ella misma. Entonces dijo la liebre: «Con mi propio mal he aprendido de dónde viene lo que de ti dicen: no de la astucia, sino del fraude».

334
(B.102) EL REINADO DEL LEÓN

Reinaba un león sin ser iracundo,
ni cruel ni violento, mas gentil y justo,
casi como un hombre. Dicen que en su reino
reunió en asamblea a los animales
para que ofrecieran recursos legales
y se denunciaran unos a los otros.
Todos se llamaron para rendir cuentas:
el cordero al lobo, la cabra al leopardo,
al tigre el ciervo, y estaban en paz.
La cobarde liebre: «Anhelaba el día
en que los más fuertes temieran de veras
a los animales que somos más débiles».

(B.99) EL LEÓN Y EL ÁGUILA

Volando, a un león un águila dijo
que fueran amigos. Contestó el león:
«¿Qué lo impediría? Pero debes darme
tus plumas remeras para asegurarme
que sigues el trato estando a mi lado».

336
(B.95) EL LEÓN, LA ZORRA Y EL CIERVO

Enfermo el león, en rocosa sima
echadas al suelo sus lánguidas patas.
Su amiga la zorra estaba a su vera.
Él le dice un día: «¿Ayudarme quisieras?
Pues me muero de hambre, si al ciervo que vive
en bosque leñoso, que cazar no puedo,
si tú lo trajeras a mis pobres manos
haciéndolo presa de dulces palabras…».
Y la astuta zorra encontróse al ciervo
en medio del bosque pastando la hierba.
Le da reverencia, primero de todo,
después lo saluda, luego se presenta
como mensajera de buenas noticias.
Le dice la zorra: «El león, bien sabes,
que él es mi vecino, está muy enfermo,
cerca de la muerte. Ha estado pensando
quién, cuando haya muerto, va a ser el tirano
de los animales. Muy rudo es el puerco,
el oso es un vago, cruel el leopardo,
fachenda es el tigre, y muy solitario.

Pues él considera que el ciervo es idóneo:
se ve poderoso, vive muchos años,
con cuernos temibles reptiles espanta,
y no como el toro. ¿Qué más te diría?
Te ha confirmado: señor de las bestias
que pueblan el monte serás cuando muera.
Y entonces recuerda que di la noticia,
oh, muy señor mío, que fui la primera.
Y ahora adiós, amigo, al león acudo
no sea que me busque: todo le aconsejo.
Tendrías que ir, hijo, si escuchas acaso
mi vieja cabeza, a ayudarle pronto
en sus cometidos. Las pequeñas cosas
a los moribundos siempre les convencen,
pues tienen el alma que habita en sus ojos».
Habló así la astuta, con falsas palabras
lo llena de orgullo. Fue el ciervo a la cueva
a ver a la fiera, sin sospecha alguna.
Saltó el rey del lecho, de mala manera,
por ir muy aprisa le roza las orejas.
El ciervo asustado se marcha hacia el bosque.
Frotaba sus manos la zorra engañosa,
y es que tanto esfuerzo no había servido.
El otro lloraba, mordiendo sus labios
por hambre y enfado. Llamó a la zorra
y vuelve a rogarle que un plan inventara
y engañar a la presa. Así que la zorra
sin cesar buscaba astuta artimaña
para complacerle. Y entonces le dijo:
«Con lo que tú ordenas yo voy a servirte
aunque es muy difícil». Y así como un perro
las huellas seguía del ciervo escapado,
pensándose trucos y varios engaños.

Pastor que veía, iba a preguntarle
hacia dónde huía el ciervo sangriento.
Los que lo sabían se lo señalaban
y al fin encontrólo en sombría zona
recobrando aliento. Se acercó la zorra
con la cara y frente de la Desvergüenza.
Un escalofrío sacudió al ciervo,
la ira le hinchó el alma, y así habló a la zorra:
«Ahora me persigues, y yo te rehúyo.
Tú eres mala bestia, no vas a alegrarte
si osas acercarte a decirme nada.
Zorrea con otros que no te conozcan,
escoge otros reyes, hazlos soberanos».
No aplacó a la zorra, mas esta le dijo:
«¿Eres un innoble, de temores lleno,
que de tus amigos sospechas maldades?
El león quería darte buen consejo.
Para despertarte del sopor antiguo
te tocó la oreja, como cualquier padre
que se está muriendo. Darte los preceptos
para tu gobierno de tales contradas.
Y no soportaste ni el débil rasguño
de su frágil garra, con fuerza apartaste,
peor fue su herida. Te supera en ira,
pues no eres fiable, no tienes cabeza.
Y quiere que el lobo rey sea elegido.
¡Malvado animal, para ser tirano!
¿Qué voy a hacer yo? Tú eres el culpable.
Sé ahora más noble, no seas cobarde,
como las ovejas que van en rebaño.
Te juro por fuentes, y todas las plantas,
que solo deseo que tú nos gobiernes,
y no es tu enemigo en nada el león,

te nombra de buenas señor de las bestias».
Y así trampeando, llevó al cervatillo
una segunda vez a su propia muerte.
Se encerró el león al fondo del antro,
y se dio un banquete sin dar nada a nadie,
engullendo carne, del hueso el meollo,
devorando entrañas. Hambrienta la zorra,
que trajo la presa, estaba alejada.
Mas el seso entero cayó por su parte,
y ella disimula, y lo come con ganas.
Sacó así provecho de haberse esforzado.
Contaba el león las partes del ciervo:
el seso faltaba. Buscó por el lecho,
por toda la cueva, y no lo encontraba.
La zorra le dice: «No tenía seso,
sino ¿cómo crees que hubiera venido
dos veces a verte, león, a tu casa?».

337

(B. 106) EL LEÓN, LA ZORRA Y EL MONO

Un león emulaba el modo de vida
de los aristócratas, y en su amplia cueva
las fieras más nobles, nacidas en monte,
amable invitaba para divertirse.
Así muchos días, en su gran guarida
se reunían bestias de muchas especies,
comían banquetes, cortés los trataba,
según la ley manda recibir al huésped,
pues todos comían lo que preferían.
Compartía casa con una raposa
con quien normalmente estaba de buenas.

Era un viejo mono quien trinchaba carne
y la repartía por los comensales.
Cuando alguien venía, nueva compañía,
a este servía lo mismo que al amo:
la última presa que el león cazaba.
En cambio a la zorra, pequeñas porciones
de anteriores días comer le tocaba.
Un día la zorra se quedó en silencio,
las manos bien lejos, sin comer bocado.
El león la causa pidió que explicara:
«Habla como sueles, mi sabia raposa,
alegra esa cara, ataca el banquete».
«¡La más noble fiera de todas tú eres!
Me golpea el alma un hondo pesar:
no solo me duele el tiempo presente,
sino que ahora lloro lo que vendrá luego,
pues que vengan nuevos un hábito fuera,
ni carne pasada comer yo podría».
El león sonríe: «El mono es culpable».

338

EL LEÓN Y EL JABALÍ

Que es bueno terminar con las contiendas y rivalidades, pues acaban poniendo a todos en peligro.

Era tiempo veraniego, cuando el calor pone sediento; un león y un jabalí fueron a beber a una pequeña fuente. Discutían por quién sería el primero en beber. Y de eso pasaron a un combate a muerte. Un momento que pararon para tomar un respiro, vieron unos buitres acechando para devorar al que cayera. Decidieron deshacer su enemistad: «Es mejor que seamos amigos que ser alimento de buitres y cuervos».

(B.67) EL LEÓN Y EL ASNO

Un león y un asno salieron de caza,
uno era el más fuerte, y el otro el ligero.
Botín abundante tenían de animales.
El león lo reparte en tres montoncitos:
«Para mí el primero, pues soy soberano,
también el segundo, que he estado cazando.
Para ti el tercero, que mal va a sentarte
a menos que quieras salir ya corriendo».
Mesurarte debes, y nunca aliarte
con hombre más fuerte y más poderoso.

(B.1) EL LEÓN Y EL ARQUERO

Salió un hombre al monte, pues iba de caza,
era experto arquero. Salieron en fuga
muchos animales, bien llenos de miedo.
Mas queda el león, pues luchar quería.
El hombre le dijo: «No vayas tan rápido,
no cantes victoria. Pues mi mensajero
te va a decir pronto lo que te conviene».
Y se aleja un poco, le lanza una flecha:
esta se le clava al león en el vientre.
Se fuga corriendo, aterrorizado,
a montes desiertos. No lejos estaba
la zorra que dijo que osase pararse.
«No vas a engañarme, ni a trampearme»,
el león le contesta, «con su mensajero,
que es cruel y amargo, me hago la idea
de cómo este hombre es malo y terrible.»

(B.90) EL LEÓN FURIOSO Y EL CERVATILLO

Rabiaba un león. Desde bosque denso
lo mira un cervato: «Pobres de nosotros,
¿qué puede no hacernos si está tan airado?
Ni estando tranquilo era soportable».

342

LOS LOBOS Y LOS PERROS

Que este es el sueldo que reciben los que venden su propia patria.

Los lobos dijeron a los perros: «Siendo parecidos como sois a nosotros, ¿por qué no nos consideráis hermanos? Pues somos enemigos por la opinión que tenéis de nosotros. Nosotros vivimos en
libertad, vosotros estáis subyugados a los hombres, os esclavizan a
golpes, lleváis collar y guardáis ovejas. Cuando comen, solo os tiran
los huesos. Si os hemos convencido, entregadnos los rebaños y nos
saciaremos todos juntos comiendo». Los perros dieron oídos a lo
dicho. Y entrando los lobos en la cueva, primero a los perros mataron.

343

(B.85) LOS LOBOS Y LOS PERROS

Estalló una guerra de lobos y perros.
De entre los aqueos un perro eligieron
capitán del bando. Experto en batallas
pero lento de acto. Le advierten los otros
que actúe en batalla, les lleve hasta al frente.

«Escuchadme, os digo por qué me entretengo:
lo hago por cautela. Trazar el plan antes
siempre es necesario. Nuestros enemigos
comparten la raza, según lo que veo.
No como nosotros, que unos son de Creta,
los otros molosos, otros acarneses,
también hay dolopes, de Chipre, de Tracia…
de muchos lugares, ¿para qué alargarme?
De un solo color, como ellos no somos:
unos somos negros, otros cenicientos,
algunos son ígneos manchados de pecho,
el resto son blancos. ¿Pues como podría
mandar yo unas tropas que son tan dispares
contra estos rivales que igual tienen todo?»
[Es la sinfonía el bien más preciado,
es la diferencia de débil y esclavo.]

344

(B. 101) UN LOBO ENTRE LEONES

Nació un lobezno, y era tan enorme
que león lo llamaban. Como no sabía
llevar esta fama, dejó a su manada,
buscó compañía entre los leones.
Se mofó una zorra: «Que insensatez tal
no me venga a mí, la que te ha encegado.
León tú pareces si estás entre lobos,
pero entre leones de nuevo eres lobo».

(B.130) EL LOBO Y LA ZORRA ANTE UNA TRAMPA

La zorra no estaba de una trampa lejos,
pensaba qué haría, tenía varios planes.
Un lobo la vio, pues pasaba cerca,
pidió si podía quedarse la carne.
Le dijo la zorra: «Haz lo que te plazca,
pues tú eres mi amigo, el que yo más quiero».
Sin pensar el lobo se lanza a la trampa,
pero al agacharse, se suelta la barra,
le golpea el morro y en toda la frente.
«Pues si ofreces esto a los que más quieres
a mí no me extraña no tengas amigos.»

346

(B.100) EL LOBO Y EL PERRO GORDO

Un perro muy gordo se encontró a un lobo
que le preguntaba por dónde comía,
pues era muy grande y lleno de grasa.
«Un hombre muy rico a mí me alimenta.»
Y le dijo el lobo: «¿Y tu cuello blanco?».
«Me roza la carne el collar que el amo
me forjó en hierro, y puso en mi cuello.»
Se mofaba el lobo: «Me río del lujo
que si lo disfrutas estás obligado
a que sea tu cuello rozado por hierro».

(B.105) EL LOBO Y EL LEÓN

Arrambló una oveja de un rebaño un lobo,
la llevaba a casa. Con un león se cruza,
y este se la roba. Le gritó el lobo:
«¡Pues vaya injusticia, hurtas lo que es mío!».
Se mofa y responde el león, divertido:
«¿Te la ha regalado por ley un amigo?».

348

EL LOBO CAPITOSTE Y EL ASNO

A los que consideran justo determinar leyes, pero que dejan de hacerlo cuando se trata de acatarlas ellos mismos.

Un lobo capitoste obligó por ley al resto de los lobos que todo lo que cazaran fuera puesto en común y repartido por igual para todos, de manera que nadie quedara hambriento. Apareció un burro agitando su crin, y dijo: «¡Qué buena idea la de un lobo listo! Pero ¿cómo puede ser que ayer tú en el campo te llevaras una presa a tu madriguera? Venga, ponla en común y repártela». El lobo, avergonzado, anuló la ley.

349

(B.114) LA LÁMPARA

Calada en aceite de noche se jacta
una simple lámpara que su luz supera
del alba al lucero. De todas las luces
ella se distingue. Pero sopla el viento,

la apaga de golpe. La encendió un hombre,
mientras le decía: «Haz luz en silencio.
Los astros del cielo nunca se envanecen».

350
(B.116) EL AMANTE Y EL MARIDO

Era medianoche y un chico cantaba.
Lo oye una mujer, sale de la cama.
Desde la ventana, la luz de la luna
le muestra que el chico está de buen ver.
Deja a su marido, que duerme en el lecho.
Va al piso de abajo, sale por la puerta,
y bien satisface lo que deseaba.
El marido de ella se despierta entonces,
la busca y rebusca, no la ve en la casa.
Y sin sorprenderse se baja a la calle.
Le dice a su esposa: «Mas tú no te turbes,
dejemos que el chico duerma en nuestra cama».
Entonces el hombre, cuando los amantes
querían hacer algo, se metía en medio.
Pasó esto así. La fábula dice
que es malo enfadarse si puedes vengarte.

351
LA TERNERA Y EL CIERVO

*Que a los cobardes por naturaleza de nada les sirven las buenas razones
para ser más valientes, aunque tengan un buen tamaño y el cuerpo
robusto.*

Una ternera le dijo a un ciervo: «A ti, que eres más grande que los perros, que te mueves más rápido y tienes una cornamenta que te defiende, ¿por qué te dan miedo?». Y le contesta el ciervo: «Ya sé que tengo todo eso. Pero cuando los oigo ladrar se me nubla la razón y lo único que sé es huir».

352

(B.108) EL RATÓN DE CAMPO Y EL RATÓN DE CIUDAD

Había dos ratones: uno campesino
y otro que vivía dentro de un granero.
Un día deciden ir a vivir juntos.
Primero el casero fue a comer al campo,
pues justo brotaba la hierba en el prado.
De trigo comían raíces delgadas,
húmedas y negras, bien llenas de tierra.
«Vives desgraciado, como las hormigas,
comiendo cebada de dentro del suelo.
Yo tengo de todo, tanto que me sobra.
Parece a tu lado, que viva en el cuerno
del ama Amaltea. Si vienes conmigo
tendrás cuanto quieras, ¡que caven los topos!»
Al ratón que labra se lleva y convence
de entrar a la casa a través del muro.
Allí le señala hacia la cebada,
sacos de legumbre, los higos en cestas,
jarras de miel llenas, cenachos de dátiles.
Estaba encantado, se lanza a por ello.
Al coger de un cesto un trozo de queso
uno abre la puerta. Él huye cobarde,
corre al agujero, habla sin sentido,
se aprieta a su huésped. Aguardan un rato,

183

se asoman afuera, y casi alcanzaron
de Camiro un higo, pero llega un hombre
para coger algo; se meten de nuevo.
Dice el campesino: «Disfruta el ser rico,
goza los banquetes tan extraordinarios,
de tanta abundancia, de buena comida,
que está rodeada de tantos peligros.
Pues yo no abandono mi trozo de tierra
que como cebada sin temor alguno».

353
(B.112) EL RATÓN Y EL TORO

Un día un ratón dio un mordisco a un toro.
Como le dolía, salió a la carrera
detrás del ratón, que huyó a su agujero.
El toro ante el muro, con su cornamenta
iba dando golpes, hasta que rendido
se cae y se duerme. Le muerde de nuevo
y se pone en fuga. Se levanta el toro
sin saber qué hacer. El ratón le chilla:
«¡No siempre es el grande quien tiene el poder,
ser pequeño y débil también te hace fuerte!».

354
EL RATÓN Y EL HERRERO

Un ratón llevaba a otro que de hambre
había perecido. Reían los herreros
y el ratón les dijo, le caían las lágrimas:
«Dar no habéis podido sustento ni a uno».

EL CAMINANTE Y LA VERDAD

Que los hombres tienen una peor vida, llena de males, cuando prefieren la mentira a la verdad.

Un caminante encontró a una mujer en tierra desértica, que estaba sola, en silencio. Le preguntó: «¿Quién eres?». Y ella respondió: «La Verdad». «¿Y por qué razón has dejado la ciudad para vivir aquí?» Y responde ella: «Entre la gente antigua había poca falsedad, ahora está en todos los hombres, cuando hablan y les escuchas».

356
(B. 128) LA OVEJA Y EL PERRO

Le dijo una oveja al pastor todo esto:
«Después de esquilarnos te quedas la lana,
con la blanca leche elaboras queso,
con nuestros cabritos aumentas rebaños.
No ganamos nada. Nosotras comemos
solo de la tierra. ¿Qué brota en el monte?
Pues la hierba escasa, de rocío cubierta.
Mantienes al perro aquí entre nosotras,
le das lo que comes, tu rico alimento».
Habiendo escuchado, le responde el perro:
«Si no paseara entre este rebaño,
pastar no podríais tranquilas la hierba.
Corriendo ahuyento al ladrón que os acecha
y a todos los lobos que cazaros quieren».

EL ASNO QUE ENVIDIABA A UN CABALLO

Que no hay que envidiar a los ricos y a los poderosos, que ser pobre es mejor que sufrir peligros.

Un asno envidiaba a un caballo por su alimento y los cuidados que recibía, se sentía desgraciado por su propia suerte. Estaba afligido porque su comida era escasa. El caballo llevaba riendas, la frente adornada y corría, ligero, carreras. Pensando esto el asno, estalló una guerra. Un soldado, con sus armas, montó al caballo y se fue a la batalla. Herido por las espadas, terminó el caballo yaciendo muerto. Cambió el asno de opinión y sintió lástima por el caballo.

358
EL ASNO EN LA PIEL DE UN LEÓN

Que el pobre y simple no imite al rico, si no quiere ser el hazmerreír y correr peligros.

Un asno vestía una piel de león por lo que a todos parecía esto, un león; hombres y rebaños le rehuían. Cuando el viento sopló y le quitó la piel, quedó el asno desnudo y todos volvieron corriendo hacia él y le golpearon con palos y garrotes.

359
(B.125) EL ASNO QUE HACÍA CABRIOLAS

Subido a un tejado, cabriolaba un asno
y rompió las tejas. Se apresura un hombre,

que lo baja a golpes, con un duro palo.
Doliéndole el lomo, se quejaba el asno:
«Ayer o anteayer, lo mismo hizo un mono
lo que he hecho ahora: bien que te gustaba».

360

(B.133) EL ASNO QUE COMÍA ZARZAS

Se comía un asno las hojas punzantes
de una gran zarza. Se acerca una zorra:
«Con tu lengua blanda, ¿cómo es que masticas
y puedes tragarte áspera comida?».

361

(B.124) EL CAZADOR DE PÁJAROS, LA PERDIZ Y EL GALLO

Se presentó en casa de un pajarero
un amigo suyo, sin avisar antes.
De apio con tomillo era su comida.
Vacía la jaula: no había cazado.
La perdiz con motas, bien domesticada
para ir de caza, será el sacrificio.
Pero suplicaba que no la matara:
«¿Qué harás con las redes, cuando estés de caza?
¿Quién va a congregarte aves en bandada,
imagen hermosa? ¿Con qué melodías
vas a adormecerte?». La perdiz se salva.
Al gallo papudo coge el pajarero.
Cacarea a voces: «¿Quién te dará aviso
cuando llegue el alba, muerto el adivino?
¿Que el arco dorado de Orión se ha acostado,

quién te informará? ¿Quién va a recordarte
tus obligaciones de cada mañana,
cuando con rocío se bañan las aves?».
Y el hombre le dice: «Que sepas las horas
me es siempre muy útil, pero comer debe».

362
(B.134) LA COLA DE LA SERPIENTE

De una serpiente, la cola decide
que más la cabeza no andará delante:
«Ahora es mi turno, de llevar la marcha».
Del otro extremo: «¿No vas a callarte?
¿Cómo desgraciada, sin ojos ni olfato,
vas a conducirnos? Pues son necesarios
a los animales para andar bien rectos».
No fue convencida: lo irracional vence,
lo racional pierde. La parte trasera
gobierna a la otra, la cola es el guía,
y al resto del cuerpo mueve siendo ciega.
Al fondo de un hoyo termina cayendo,
se araña la espina rozando las piedras.
La que era orgullosa, suplicaba dócil:
«Señora cabeza, por favor nos salve.
Mala la disputa, mala la experiencia.
Vuélveme a mi sitio, yo voy a seguirte,
de ahora en adelante no has de preocuparte,
no sufrirás males porque yo te guíe».

EL NIÑO Y EL LEÓN DIBUJADO

Que lo que está destinado a ocurrir, lo que está establecido desde el naci-miento, no puede evitarse ni rehuirse.

Un viejo cobarde solo tenía un hijo, que era noble de espíritu y al que le gustaba ir de cacería. Soñó el padre un día que un león daba muerte al chico. Temeroso de que eso sucediera de verdad, construyó una casa enorme y preciosa para tener guardado al hijo. Para hacerle la morada más agradable, pintó en las paredes todos los animales, también el león. El niño observa triste todas las pin-turas, y mirando al león, de pie justo enfrente, le dice: «El peor de los animales, que por el sueño que enviaste a mi padre estoy ence-rrado y vigilado como una mujer. ¿Qué voy a hacerte?». Y ha-biendo dicho eso, golpea el muro con la mano para dejarlo ciego. Se le clavó una astilla debajo de la uña. Sintió un gran dolor y se le inflamó, le salió una gran protuberancia; se extendió la infección rápidamente, y mató al muchacho. El dibujo del león se lo llevó, y de nada sirvió todo lo que había hecho el padre.

(B. 56) LA MADRE DEL MONO Y ZEUS

Constituyó Zeus que al hijo más bello
de los animales le daría un premio.
A todos miraba. Llegó allí la mona,
que ser se creía madre de uno bello.
El mono era chato, los dioses reían.
Les dijo la mona: «Zeus sabe quién gana,
pero, para mí, este es el más bello».
[La fábula muestra que todas las madres
piensan que sus hijos son los más hermosos.]

(B.113) El pastor que encerró a un lobo

Recogió el pastor todas sus ovejas
dentro del establo, y por poco encierra
a un lobo con ellas. Y el perro le dijo:
«¿Cómo he de salvarlas si a un lobo nos metes?».

EL PASTOR QUE CRIÓ A UN LOBO

Que los malos por naturaleza, al aprender a robar y a ser arrogantes, muy a menudo hieren a sus maestros.

Un pastor encontró la cría de un lobo y se puso a cuidarla. Cuando era todavía un lobezno, le enseñó a robar de los rebaños vecinos. Habiendo aprendido el lobo, dijo: «Ahora que ya me has enseñado cómo robar, vigila a tus propias ovejas».

(B. 70) LA GUERRA Y LA SOBERBIA

Cuando cada dios se hubo casado,
asiste la Guerra, la última del sorteo.
Desposa a Soberbia, que sola quedaba.
Y tanto la quiere, según lo que dicen,
que siempre la sigue allí donde vaya.
No venga Soberbia a nuestras ciudades,
no gane el favor de toda la gente,
pues viene con ella muy pronto la Guerra.

EL RÍO Y EL CUERO

Que al hombre cruel y presuntuoso muy a menudo las desgracias de la vida lo devuelven a la tierra.

Un río por el que pasaba la piel de un buey le preguntó: «¿Cómo te llamas?». Y el otro respondió «Me llaman el Duro», y golpeándole con la corriente le dijo el río: «Pues busca otro nombre, ¡que te estoy ablandando!».

369
LA ROSA Y EL AMARANTO

Que es mejor ser sencillo y durar que vivir poco tiempo, sufrir un cambio de fortuna y morir.

Un amaranto que crecía junto a una rosa le dijo: «¡Preciosa flor eres! Deseada por los dioses y por los hombres. Te envidio la belleza y el aroma». Dijo la rosa: «Ay, amaranto, mi vida es muy corta, y aunque no me recojan, siempre me marchito. En cambio tú siempre estás en flor y eres joven».

370
EL TROMPETISTA

Fue tomado preso un día el trompetista,
y gritaba fuerte a los que guardaban:
«No me matéis, hombres, sin razón y en vano,
yo a nadie he matado. Mi bronce no mata».
Los otros dijeron para responderle:

«La razón es esta, tú mueres por eso,
porque no eres útil en campo de guerra,
pero los despiertas para que combatan».

*La fábula muestra que los que caen son los que incitan y dirigen a hacer
el mal.*

371
(B.41) EL LAGARTO Y LA SERPIENTE

Se desgarró, dicen, la espalda un lagarto,
pues él intentaba tener la largada
que tienen las sierpes. Te vas a hacer daño
si imitar quieres a los que te superan.

372
(B.44) TRES TOROS Y UN LEÓN

Pastaban bien juntos siempre los tres toros.
Estaba al acecho, para capturarlos,
un león que pensaba que no iba a vencerlos
si estaban unidos. Con fraude y mentiras
los hizo enemigos. Se dio un buen banquete
pues al separarlos fue fácil cogerlos.
Si vivir te gusta sin muchos peligros,
aparta enemigos, guarda a tus amigos.

(B.140) LA CIGARRA Y LA HORMIGA

En tiempo de invierno sacaba una hormiga
un grano de trigo de su hormiguero,
guardado en verano. La cigarra, hambrienta,
pedía sustento para seguir viva.
«¿Qué hiciste en verano?», le dijo la hormiga.
«Pues no estaba ociosa, lo pasé cantando.»
Reía la hormiga, guárdandose el grano:
«Pues baila en invierno, si en verano cantas».

374

EL CABRÓN Y LA VIÑA

Comía un cabrón los brotes de una viña. Le dijo esta: «¿Por qué me maltratas? Pues cuando te sacrifiquen, yo cederé el vino para las libaciones».

A los desagradecidos que son arrogantes con sus amigos les alecciona la fábula.

375

EL CABALLERO CALVO

Que a nadie le apene la llegada de desgracias, pues no se tienen desde el nacimiento, ni tampoco duran: venimos desnudos y desnudos nos vamos.

Había un caballero calvo que se ponía encima de la cabeza cabelleras de otros. Un día sopló el viento y se la llevó: los que lo presenciaron se retorcían de risa. Les dijo este, deteniendo la carrera:

«¿Cómo no va a rehuirme la cabellera ajena si la que yo tenía, que me era propia, también me abandonó?».

376
(B.28) EL SAPO QUE SE HINCHÓ

Pisó un buey sediento la cría de un sapo.
No lo vio la madre, y al volver pregunta
a las otras crías que dónde se encuentra.
«Está muerto, madre, antes ha venido
una bestia grande, y bajo su pata
yace bien chafado.» El sapo pregunta,
hinchándose mucho, si era así el tamaño.
Dicen a su madre: «Detente, oh madre,
tanto no te hinches, vas a reventarte
antes de que llegues a tan gran medida».

377
LA GOLONDRINA QUE SE JACTABA Y EL CUERVO

Que los fanfarrones que mienten de palabra atraen hacia sí mismos el deshonor.

Una golondrina dijo a un cuervo: «Yo soy la hija virgen del rey y la reina de los atenienses». Y empezó a contarle que Tereo la había violado y le había cortado la lengua. Y dijo el cuervo: «¿Qué harías si tuvieras lengua? Pues hablas teniéndola cortada».

LAS OLLAS

Que la vida del débil es frágil si tiene cerca a alguien más fuerte.

Una olla de barro y otra de bronce bajaban por un río. La de barro le dice a la otra: «Flota lejos de mí, no te acerques, pues si me tocas me rompo. No quiero que me toques».

V

FÁBULAS NUEVAS, EXTRAÍDAS DE «LA VIDA DE ESOPO»

379

EL HOMBRE ENAMORADO DE SU PROPIA HIJA

Un hombre estaba enamorado de su propia hija. Loco de amor, mandó a su esposa al campo y violó brutalmente a su hija. Ella le dijo: «Padre, lo que haces es una impiedad. Preferiría entregarme a cien hombres que solo a ti».

380

EL HOMBRE QUE CAGÓ SU SESO

Janto le pregunta a Esopo: «¿Puedes explicarme por qué razón los hombres tenemos por costumbre, cuando cagamos, mirar nuestra propia mierda?». Esopo dijo: «Porque en tiempos antiguos, uno pasaba mucho tiempo cagando, por el placer que sentía, hasta que un día cagó su propio seso. Desde entonces los hombres, por miedo, miran su propia mierda para comprobar que no han cagado el seso. Pero tú, maestro, no te preocupes: que tú no tienes seso».

381

EL VIEJO CAMPESINO Y LOS ASNILLOS

Un viejo campesino, que había pasado su vida en el campo, nunca había ido a la ciudad. Así que pidió a los suyos que lo llevaran a visitarla. Los domésticos le uncieron unos asnillos al carro y le dijeron: «Tú solo ponlos en marcha, ellos te llevarán a la ciudad». A medio camino, se originó una tormenta que todo oscureció; los asnillos perdieron el rumbo y llegaron a un acantilado. Aquel, viendo el peligro que corría, dijo: «Oh Zeus, ¿qué mal he cometido para morir así? Pues no muero por culpa de unos nobles caballos, o de unas mulas bien nacidas, ¡sino de unos insignificantes asnillos!».

382
LOS ANTEPASADOS DE LOS DELFIOS

Preguntaron los delfios: «¿Y quiénes eran nuestros antepasados?». Y Esopo respondió: «Esclavos. Si no conocéis la historia, aprendedla: tenían por ley los griegos, cuando tomaban una ciudad, mandar a Apolo una décima parte del botín. Es decir, la décima parte de los bueyes, ovejas, cabras y demás ganado, riquezas, hombres y mujeres. Es por eso por lo que nacéis sin libertad, puesto que sois descendientes de los esclavos de los griegos».

383
DOS CAMINOS

Mostró la Fortuna dos caminos de la vida: el de la libertad, que al principio es escabroso y de difícil acceso, pero que termina en lisa llanura, y el de la esclavitud, que empieza llano pero que tiene un final duro, lleno de riesgos.

Cuando los animales hablaban el mismo idioma, un ratón se hizo
amigo de una rana y la invitó a comer. La llevó al granero de un
hombre rico, donde había pan, queso, miel, higos secos y cosas
igual de buenas. Y le dijo: «Come lo que quieras, rana». Después,
habiendo disfrutado, le dijo la rana al ratón: «Ahora ven tú a mi
casa a llenarte de mi buena comida». Pero para que no corras peligro, ataremos tu pata a la mía. Cuando hubo atado las patas, se tiró
al estanque, ligada al ratón. Este, ahogándose, decía: «Yo, que muero por tu culpa, me voy a vengar de ti, que estás viva». Un cuervo
que vio al ratón muerto, flotando, bajó volando y lo agarró, llevén-
dose también a la rana. Los devoró a los dos.

385
SUEÑOS

Zeus recompensó, cuando se lo pidió, con la mántica al jefe de las
Musas, Apolo, para que tuviera más poder que el resto de los
oráculos. El dirigente de las Musas, orgulloso de ser admirado por
todos los hombres, se creía superar a los demás en inteligencia,
siendo así el más fanfarrón. Por lo que el que es mayor que él,
Zeus, se irritó y no permitió que tuviera tanto poder sobre los
hombres; moldeó sueños sobre la verdad, que explicaban lo que
iba a suceder a los que dormían. Cuando se dio cuenta el de las
Musas que ya nadie necesitaba su mántica, pidió a Zeus que lo
revocara, que no le anulara la mántica. Así lo hizo Zeus: moldeó
otro tipo de sueños, que mostraban hechos falsos a los hombres, de
manera que, al no ser exactos, volviesen a recurrir a la mántica
original. Esta es la causa por la que los primeros sueños, si te ocurren, te muestran la verdad mientras duermes. Pero que no te sor-

prenda que lo que veas en un sueño ocurra diferente en la realidad, pues será que no era de los primeros, sino unos de los falsos, que te trampea con engaño.

386

LA VIRGEN NECIA

Una mujer tenía por hija a una tonta. Suplicaba a todos los dioses que le consiguieran un poco de inteligencia; a menudo, la niña la oía rezar. Un día que fueron al campo la madre se quedó en la granja y la niña salió. Cuando vio a un hombre que violaba a una burra, le preguntó «¿Qué haces?», y respondió él: «Le introduzco inteligencia». Se acordó la necia de las súplicas de su madre, así que le dijo: «Méteme la inteligencia a mí también». El hombre rehusó la proposición diciendo «No hay nada más desagradecido que una mujer», y ella: «No tienes razón, hombre. Mi madre te lo va a agradecer, y te va a pagar lo que quieras, pues reza para que yo consiga inteligencia». El hombre la desvirgó. La chica, rebosante de alegría, corrió a decirle a su madre «¡Tengo inteligencia, madre!», y la madre: «¿Cómo la has conseguido, hija?». Y la necia se lo cuenta: «Un hombre me ha metido una que era rojiza, larga y dura, que se movía rápido, con fuerza, de dentro a fuera». Cuando hubo escuchado todo el relato, la madre dijo: «Hija mía, lo que has perdido es la inteligencia que tenías».

387

EL POBRE QUE CAZABA GRILLOS Y CIGARRAS

Cuando los animales hablaban el mismo idioma que los hombres, un hombre pobre y hambriento cogía grillos y lo que se llaman chicharras, las salaba y las vendía a un alto precio. Un día, había capturado a uno y quería matarlo. El grillo, viendo la intención del hombre, le dijo: «No me mates en vano, pues no he dañado ni a una espiga, ni a una rama ni a ningún brote, ni siquiera he malmetido ningún tallo. En vez de eso les canto, con la armonía acompasada de alas y patas, y doy reposo a los caminantes». Se compadeció el hombre con las palabras del grillo y lo soltó al campo con su madre.

388

LA VIUDA Y EL CAMPESINO

Una mujer que había enterrado a su marido, sentada junto a la tumba, no paraba de llorar. La vio un campesino que deseaba tener relaciones con ella; dejando los bueyes estacados en el campo, se le acercó fingiendo que lloraba. Ella dejó de hacerlo y le preguntó «¿Por qué lloras?», y contestó el campesino «He enterrado a mi sensata y buena mujer; llorar me alivia la pena», y ella: «He perdido también a mi buen marido, pero llorar me hace más grave la pena». Entonces dijo el hombre: «Si nos atormenta la misma desgracia y suerte, ¿por qué no llegamos a un acuerdo? Yo te amaré como si fueras ella, y tú me amas como si fuera él». Con estas palabras convenció a la mujer. Mientras tenían relaciones, alguien desató los bueyes e hizo que se alejaran. El hombre se dio cuenta y como no encontraba a los bueyes, gritaba con el alma llena de lamentos. La mujer le preguntó «¿Por qué lloras?», y el campesino: «Ay, mujer, ahora sí que tengo algo que me adolece de verdad».

VI

FÁBULAS AÑADIDAS POR DOSITEO

389

LA COMADREJA QUE INVITÓ A COMER A LAS AVES

Una comadreja, fingiendo que era su cumpleaños, invitó a los pájaros a un banquete. Los aguardaba mientras entraban, cerró las puertas y, de uno en uno, los devoró.

Este relato conviene a aquellos que se esperan lo más agradable y se encuentran justo lo contrario.

390

LA GRAJILLA Y LA HIDRIA

Una grajilla sedienta se acercó a una hidria e intentó decantarla. Pero no tenía fuerza para levantarla, ni para inclinarla. Se le ocurrió una idea para su propósito: tiraría guijarros dentro y, cuando estuviera llena, el agua subiría desde el fondo hasta la superficie. Así es como la grajilla calmó su sed.

La razón es más poderosa que la fuerza.

EL SEÑOR Y LOS MARINEROS

Un señor que navegaba por el mar estaba harto del temporal, y los marineros no tenían suficiente fuerza para remar a través de la tormenta. Les dijo el hombre: «¡Vosotros! Si no hacéis que la nave vaya más rápido os tiraré piedras». Entonces, uno de ellos le respondió: «¡Ojalá hubiera piedras en este lugar donde estamos!».

También pasa lo mismo en nuestra vida, nos sirve soportar los males más ligeros para escapar de los más pesados.

392

EL ASNO ENFERMO Y EL LOBO MÉDICO

Examinaba un lobo a un asno enfermo. Empezó por tocarle y examinarle el cuerpo, y le preguntó qué le dolía. Respondió el asno: «Que tú me toques».

También los hombres malvados, aunque finjan ayudar, perjudican.

VII

FÁBULAS AÑADIDAS POR AFTONIO

393

EL ETÍOPE

La fábula del etíope muestra que lo que se es por naturaleza no se puede cambiar.

Uno compró a un etíope, creyendo que tenía aquel color por dejadez. Se lo llevó a casa. Iban a menudo al río e intentaba, bañándolo, limpiarlo. El color nunca cambió, pero le dañó y se puso enfermo.

Permanece la naturaleza tal como se origina.

394

LA ZORRA QUE SERVÍA AL LEÓN

La fábula de la zorra aconseja no compararse con los mejores.

Una zorra vivía con un león con el pretexto de servirle. Ella le señalaba las presas, y él se lanzaba a cazarlas. Lo que cazaban, se lo repartían. Tenía celos la zorra de que el león se quedara una mayor parte, así que se fue a cazar ella sola, en vez de ser la que señala la presa al león. Lo intentó con un rebaño, pero antes fue ella presa por unos cazadores.

Es mejor ser un mandado sin correr riesgos, que mandar y correrlos.

LA SERPIENTE Y EL ÁGUILA

La fábula del águila y la serpiente aconseja hacer favores.

Una serpiente y un águila se engancharon luchando; tenía la serpiente apresada al águila. Un campesino que las vio deshizo el nudo de la serpiente y liberó al águila. Airada por eso, la serpiente envenenó el agua potable del campesino. Cuando este, ignorándolo, estaba a punto de beber, el águila bajó volando y le arrebató el vaso de las manos.

Los bienhechores reciben su recompensa.

LOS MILANOS Y LOS CISNES

La fábula de los milanos y los cisnes aconseja no imitar lo que no es propio.

Al principio, la naturaleza otorgó a los cisnes y a los milanos el mismo canto. Pero cuando los milanos oyeron el relinchar de los caballos desearon tener aquella voz, e intentaban imitarla. Y en su carrera de aprendizaje, además de no aprenderla lograron también perder el canto.

La imitación conlleva perder lo que es propio.

EL CAZADOR DE PÁJAROS Y LA CIGARRA

La fábula del pajarero aconseja prestar atención a los hechos, no a las palabras.

Un cazador de pájaros oyó una cigarra y creyó que cazaría algo grande, pues medía al animal por su canto. Pero cuando puso en marcha su técnica y tuvo a la presa en sus manos, se dio cuenta de que nada se podía aprovechar aparte del canto. Culpó entonces a la imaginación, que conduce a muchos a juzgar en falso.

También, a veces, los que no valen nada parecen más de lo que son.

398
EL CUERVO Y EL CISNE

La fábula del cuervo aconseja obedecer a la propia naturaleza.

Un cuervo se fijó en el color de un cisne y lo anheló. Pensó que para conseguirlo debía lavarse, así que abandonó los altares donde se alimentaba y se puso a vivir en estanques y ríos. Pero su cuerpo no cambió ni se hizo más claro, sino que el cuervo murió por la falta de alimento.

El entorno no cambia la naturaleza.

399
EL CISNE QUE FUE TOMADO POR UNA OCA

La fábula de la oca y el cisne exhorta a los jóvenes a estudiar.

Un hombre próspero quiso criar a una oca y a un cisne juntos. Pero no los criaba para lo mismo: pues uno lo quería para disfrutar del canto, y el otro para disfrutarlo en la mesa. Cuando llegó el momento de sacrificar a la oca era de noche y el hombre no pudo distinguir el uno del otro, así que tomó el cisne por la oca. Pero este cantó, evidenciando su naturaleza, así que, en el útimo momento, pudo salvarse de la muerte.

400

LAS ABEJAS Y EL PASTOR

La fábula de las abejas y el pastor aconseja no meterse en empresas peligrosas.

Unas abejas estaban haciendo miel en el hueco de una encina. Un pastor que pasaba por allí lo vio e intentó llevarse la miel. Estas lo rodearon, volando, y le clavaban el aguijón. Al final, el pastor dijo: «Lo dejo, no preciso la miel si tengo que lidiar con las abejas».

El peligro persigue las malas empresas.

VIII

FÁBULAS DE SYNTIPAS, EL ARGUMENTO DE LAS CUALES NO SE HA TRATADO EN LAS FÁBULAS ANTERIORES

401

EL HOMBRE, LA YEGUA Y EL POTRO

Un hombre montaba una yegua preñada, y estando aún en el camino la yegua parió al potro. El potro andaba detrás de la yegua, pero pronto perdió estabilidad, y dijo al que montaba a su madre: «Oye, ya ves que soy muy pequeño y que no puedo viajar. Sabes que si me dejas aquí, es seguro que muera, pero si me coges, me llevas a casa y me alimentas, más adelante, cuando haya crecido, podrás montarme».

Muestra la fábula que conviene favorecer a los que después, a cambio, pueden beneficiarnos.

402

EL CAZADOR Y EL CABALLERO

Un cazador había capturado a una liebre y andaba con ella a cuestas por un camino. Se cruzó con un hombre que iba a caballo, el cual fingió querer comprarle la liebre. Pero, habiendo cogido la liebre del cazador, se fue galopando. El cazador corría detrás, creyendo que lo atraparía; mas cuando aquel se hubo alejado, dejando una gran distancia entre ambos, el cazador, fastidiado, le gritó: «¡Pues vete, que yo te regalo la liebre!».

*La fábula muestra que muchos a los que les han robado algo de su propie-
dad, fingen que lo han regalado de corazón.*

403

EL CAZADOR Y EL PERRO

Un cazador vio a un perro que pasaba y le iba tirando trozos de
comida. El perro le dijo al hombre: «Hombre, aléjate de mí, pues
por mucho que me favorezcas, más me vas a perjudicar».

*La fábula muestra que los que ofrecen muchos regalos a alguien lo que en
verdad quieren es perjudicarlos.*

404

EL CAZADOR Y EL LOBO

Un cazador vio a un lobo atacando un rebaño y descuartizando
tantas ovejas como podía. Con la intención de cazarlo, le echó los
perros y le espetó: «Fiera atroz, ¿esta es toda tu fuerza, que no has
podido hacer frente ni a unos perros?».

*La fábula muestra que cada hombre revela su excelencia en el campo que
le es propio.*

405

EL CÍCLOPE

Un hombre que era muy cauto con lo que tenía, quizá un poco
altivo en sus actos, compartía una vida sin problemas con sus hijos.
Al cabo de un tiempo cayó en la más extrema pobreza. Le dolía el

alma, y blasfemaba. Pensó en quitarse la vida: cogió una espada y se fue a un lugar apartado, solitario; escogía morir, que es mejor que vivir en desgracia. Y por el camino encontró en un agujero muy profundo, por casualidad, oro; y no era poco. Lo había dejado uno de los hombres gigantescos, el que recibe el nombre de Cíclope. Al ver el hombre el oro, le invadió el miedo y la alegría. Dejó caer la espada de la mano, cogió el oro y lo llevó, contento, a casa con sus hijos. Cuando, más tarde, el Cíclope llegó al agujero, no encontró el oro, sino la espada. La empuñó y se la clavó.

Esta fábula muestra que a los hombres siniestros les ocurren cosas malas, y a los buenos y cautos, buenas.

406
LOS PERROS QUE RASGABAN UNA PIEL DE LEÓN

Unos perros encontraron una piel de león y la estaban haciendo jirones cuando una zorra los vio y les dijo: «Si este león estuviera vivo, veríais que sus garras son mucho más poderosas que vuestros dientes».

Esta fábula se refiere a los que menosprecian a los que tienen buena fama una vez han perdido el poder.

407
EL PERRO QUE PERSEGUÍA A UN LOBO

Un perro perseguía a un lobo y se jactaba de lo veloces que eran sus patas y de su propia fuerza, pues creía que el lobo, débil, huía de él. El lobo se volvió y le dijo: «No te creas que corro por ti, huyo de tu dueño».

Esta fábula muestra que uno no debe enorgullecerse de las virtudes de otros como si les fueran propias.

LA LIEBRE EN UN POZO Y LA ZORRA

Una liebre sedienta bajó a un pozo para beber agua y bebió mucha, complacida. Cuando quiso subir no encontraba la manera de hacerlo. Estaba muy desanimada. Una zorra, al llegar, se la encontró así y le dijo: «Has cometido un grave error, pues primero deberías haber pensado cómo subir del pozo, y una vez lo supieras, haber bajado».

Esta fábula alecciona a los que actúan sin reflexionar antes.

EL LEÓN ENCERRADO Y LA ZORRA

Una zorra vio a un león encerrado; se le puso enfrente y lo insultaba de mala manera. El león le dijo: «Mi desgracia no es que tú me insultes, sino haber caído en una trampa».

Esta fábula muestra que a muchos que, teniendo buena fama, han caído en desgracia, los menosprecian los que no valen nada.

EL JOVEN Y LA VIEJA

Era un día caluroso y un joven andaba por un camino. Se encontró con una mujer vieja que hacía el mismo camino que él. Al ver el joven que la vieja, por el calor y las dificultades al andar, se desvanecía, se compadeció de su debilidad y, cuando ya no le quedaban fuerzas a la mujer para seguir adelante, la levantó del suelo para cargársela sobre los hombros. Mientras la llevaba, le asaltaron al joven unos pensamientos terriblemente vergonzosos, de pasión, lujuria, un deseo intenso, y se empalmó. Bajó al suelo a la vieja y la penetraba desenfrenadamente. Le preguntó ella, corta de miras «¿Qué me estás haciendo?», y le respondió él: «Pesas mucho, y estoy intentando aligerarte, quitarte un poco de carne». Terminó el joven, la levantó del suelo y se la volvió a cargar sobre los hombros. Cuando ya habían avanzado un tramo del camino, dijo la vieja: «Si todavía te soy una carga demasiado pesada, puedes volver a bajarme y quitarme un poquito más de carne».

Esta fábula muestra que hay hombres que, satisfaciendo sus propios deseos, fingen no hacerlo por el placer, sino porque es necesario hacerlo.

411
EL ONAGRO Y EL ASNO

Un onagro vio a un asno cargando fardos pesados y se burló de su esclavitud: «¡Qué afortunado soy de vivir en libertad, sin fatigarme ni estar atado a nadie, y de procurarme yo mismo el pasto en el monte! A ti te alimenta otro, y estás siempre sometido a la esclavitud y a los golpes». Entonces, ocurrió que apareció un león y no se acercó al asno, pues iba con él el arriero, sino al onagro, que estaba solo: lo cazó y lo devoró.

Esta fábula muestra que los que son tercos e insubordinados, arrastrados por la tozudez de no necesitar ayuda alguna, terminan mal.

LOS RÍOS Y EL MAR

Se reunieron los ríos enfrente del mar y le recriminaron: «¿Por qué, si te llevamos agua potable y dulce, tú la salas y vuelves imbebible?». Y el mar, en vista de los reproches, les respondió: «Pues no vengáis y así no os salaré».

Esta fábula se refiere a los que culpan sin razón a quienes, en realidad, les ayudan.

413

LA HIGUERA Y EL OLIVO

Una higuera, en invierno, había perdido las hojas. Un olivo que crecía cerca se rió de su desnudez, diciéndole: «Pues a mí, tanto en invierno como en verano, me embellecen las hojas, nunca se marchitan; tú solo eres bella en el tiempo del verano». Así se jactaba, cuando de repente le cayó un rayo de los dioses y se quemó; en cambio, la higuera quedó intacta.

La fábula muestra que los que se jactan de su salud y fortuna acaban sometidos a una muerte imprevista.

414

EL TORO, LA LEONA Y EL OSO

Un toro encontró a un león dormido y lo corneó hasta matarlo. Cuando su madre se dio cuenta, lloraba amargamente. Un oso la vio lamentarse y, desde lejos, le dijo: «Pues cuántos hombres deben haber entonado trenos porque tú les has matado los hijos».

EL PERRO Y LOS HERREROS

Había un perro que vivía con unos herreros. Mientras aquellos trabajaban, el perro dormía; pero, a la que se sentaban a comer, se despertaba y se acercaba alegre a sus dueños. Y un día le dijeron: «¿Cómo puede ser que para nada te quite del sueño el ruido de los martillazos, y en cambio te despierte enseguida el ruidito de los dientes masticando?».

Esta fábula muestra que los hombres que hacen oídos sordos, cuando se trata de algo que es de su provecho, enseguida lo oyen, pero se muestran impasibles a lo que no es de su agrado.

IX

DE LOS CUARTETOS BIZANTINOS

416

EL OSO, LA ZORRA Y EL LEÓN QUE FUERON DE CAZA

Cazaban el oso, el león y la zorra.
Ellos encontraban presas con esmero.
La zorra un camello atado en un poste,
va a los compañeros: que ya tienen caza.

417

EL LOBO MAESTRO Y EL PÁJARO

Pues de Licofrón* el lobo se asoma,
va a enseñar poesía a un pájaro, alegre.
Al verlo el pupilo con la boca abierta
extiende sus alas y se pone en fuga.

418

EL AVESTRUZ LIBIO

Estaban en guerra pájaros y bestias,
preso el avestruz, de Libia venía,

---

* Juego de palabras entre «Licofrón» (Λυκόφρων) y «lobo» (λύκός). (N. de la T.)

engañaba a todos, por ser ave y fiera,
ave por el cuerpo, fiera por las patas.
[Un socio ambiguo no es de confianza.]

X

DEL CÓDICE LAURENTIANO LVII 30

419

EL LADRÓN Y EL POSADERO

Se instaló un ladrón en una posada y se quedó unos días con la esperanza de robar algo. No había podido, y un día vio al posadero, que vestía una túnica preciosa y nueva (pues era día de fiesta), sentarse delante de la puerta de la posada. Como no había nadie más, el ladrón se le acercó, se sentó a su lado y empezó a conversar con él. Avanzaba la charla y el ladrón bostezó a la vez que aullaba como un lobo. El posadero le dijo «¿Qué haces?», y contesta el ladrón: «Te lo diré, porque necesito que guardes mis ropas, pues las rasgaré. Porque yo, señor mío, no sé de dónde me vienen estos aullidos, no sé si por alguna falta cometida o por alguna culpa, pero cuando aúllo tres veces, devoro hombres como si fuera un lobo». Y habiendo dicho esto, bostezó por segunda vez y lanzó un aullido igual que el primero. El posadero lo había creído, así que, temiendo al ladrón, se levantó para huir. El ladrón le agarró por la túnica y le pidió: «Espera, señor mío, toma mi ropa para que no la pueda rasgar». Al terminar, abrió la boca una tercera vez y empezó a aullar. El posadero, temiendo que se lo comiera, le dio su túnica y entró corriendo a la posada, poniéndose a salvo. El ladrón cogió la túnica y se marchó.

Así, sufren los que se creen lo que no es verdad.

LOS DOS ADÚLTEROS

Un hombre iba a casa de una mujer, por la noche, a escondidas, para cometer adulterio con ella. Habían acordado una señal para que ella lo reconociera: cuando él llegaba a la casa ladraba como un perro pequeño y ella abría la puerta. Hacía esto cada vez. Uno que lo había visto andar todas las noches el mismo camino se percató del engaño, y una noche lo siguió desde lejos, a escondidas. Como el otro no sospechaba nada, llegó a la puerta e hizo lo de costumbre. El otro volvió a su casa, pero la noche siguiente se adelantó y llegó primero a la casa de la adúltera: ladró como un perrito y ella, confiada que era su adúltero, apagó el candelabro para que nadie pudiera verlo y le abrió la puerta. Una vez dentro, le hizo el amor. Al cabo de poco, llegó el adúltero original, y enfrente de la puerta profirió el ladrido habitual. El de dentro, oyendo el ladrido de perrito, se puso a ladrar con voz fuerte, como si fuera un perro enorme. El de fuera, viendo que el de dentro era más grande, se marchó.

421

EL MARINERO Y SU HIJO

Se cuenta que un marinero tenía un hijo y quería que aprendiera gramática. Así que lo mandó a estudiar, y al cabo de un tiempo llegó a saber escribir. Entonces le dijo el hijo a su padre: «Ves que sé escribir, ahora mándame a estudiar también retórica». Complacido, el padre lo mandó de nuevo a estudiar, y el hijo acabó siendo un rétor. Un día, comiendo en casa con sus padres, les explicaba el joven que era un experto en gramática y retórica, y el padre le dijo: «He oído que la gramática es la más valiosa de las materias y que quien la aprende bien, escribe sin errores. Danos alguna prueba de tu técnica». En respuesta dijo el hijo: «Voy a repartir la gallina entre nosotros a la manera de la gramática, y os demostraré que la gramática es la mejor de todas las materias. […] A ti, padre, te doy la cabeza, pues eres el cabeza de familia y nos comandas. A ti, madre, te entrego los pies, pues estás todo el día corriendo arriba y abajo para las tareas de la casa, y si no tuvieras pies no podrías hacerlas. Para mí el cuerpo plumado, pues lo embellecen las plumas, como me embellecen las palabras aprendidas». Habiendo dicho esto, empezó a comerse la gallina. El padre, irritado, se la arrebata y le dice: «Tú has hecho tres partes según la gramática, yo haré dos según la retórica: una la comeré yo y la otra tu madre, tú come lo que sea que hagas con la retórica».

Así, sufren los que van por la vida engañando y trampeando con las palabras.

XI

FÁBULAS EXTRAÍDAS DE DIFERENTES AUTORES

422

EL ÁGUILA QUE UNA VEZ FUE HOMBRE
[Aristóteles, *Historia de los animales*, IX 117]

En la vejez, al águila le crece la parte superior del pico y se hace más pronunciada la curvatura, por lo que acaba por morir de hambre. Dice una fábula que le sucede eso porque una vez había sido un hombre que actuó mal con un huésped.

423

ESOPO Y LA PERRA
[Aristófanes, *Las avispas*, 1401 y ss]

Volvía Esopo de un banquete, por la noche, y una mujer, atrevida y borracha, le ladró como una perra. Le dijo él: «Eh, perra, te tendría por sensata si compraras trigo pagando con tu mala lengua».

424

ESOPO A LOS CORINTIOS
[Diógenes Laercio, *Vida de los filósofos*, II 5, 42]

Compuso Sócrates, también, una fábula esópica no muy lograda, que así empieza: «Una vez Esopo dijo a la ciudad de Corinto que no dejaran que la virtud fuera juzgada por la sapiencia del pueblo».

425
El pescador y el pulpo
[Pseudo Diógenes, Praefatio Paroemiographorum Graecorum (CPG I 179)]

Un cuento cario explica lo que le sucedió a un hombre, pues resulta que estaba pescando en invierno, vio a un pulpo y dijo: «Si me tiro al agua desnudo a cogerlo, moriré de frío, pero si no cazo el pulpo, mis hijos morirán de hambre». Compuso el mito Teocronte en un canto, y Simónides lo recordó en un epinicio.

426
La zorra y la grulla
[Plutarco, *Quaestiones Convivales*, I 5]

La zorra sirve a la grulla sopa en un plato de cerámica, y esta le indica que no puede comerla. La otra se ríe, y la grulla se marcha, pues no puede tragar la sopa a causa de la estrechez de su pico. A su vez, la grulla invita a la zorra a comer, y sirve la comida en una botella de cuello largo y estrecho, en el que ella puede meter el pico fácilmente y satisfacerse, mientras que la zorra no puede llegar a comer nada.

427
La zorra y el erizo
[Aristóteles, *Retórica*, II 20]

Una zorra que bajaba a un río se cayó por un barranco. Como no podía subir pasó mucho tiempo mal herida, y le asaltaron un enjambre de pulgas. Un erizo que pasaba por allí la vio, se compadeció de ella y le preguntó si quería que le quitara las pulgas, pero ella dijo que no. Al preguntarle el erizo por la causa, ella dijo: «Estas ya se han llenado conmigo, y me chuparán poca sangre, pero si me las quito, vendrán otras hambrientas y se beberán la sangre que me queda».

428
El hombre de Síbari
[Aristófanes, *Las avispas*, 1427 y ss]

Un hombre de Síbari se cayó del carro y se golpeó la cabeza de mala manera, pues resulta que no tenía experiencia en la hípica. Se le acercó un amigo y le dijo: «Que cada cual se dedique a su arte».

429
el hombre que contaba olas
[Luciano de Sámosata, *Hermotimus*, 84]

Un hombre en la playa, sentado en la orilla, contaba las olas y se enfadaba porque iban y venían, hasta que una zorra le dijo: «Buen hombre, ¿por qué te enfadas por las olas que se van? Te conviene empezar a contar las que te han descontado».

430
la creación del hombre
[Temistio, Orat. XXXII]

La arcilla que usó Prometeo para moldear al hombre no estaba mezclada con agua, sino con lágrimas. Y por eso no se debe intentar evitarlas, pues es imposible. Llorar calma, tranquiliza, adormece y se lleva las preocupaciones.

LA LOCUACIDAD DE LOS HOMBRES
[Calímaco, Iambis in cod papyraceo Oxy. 1011, vss 160 sqq]

Dicen que en la edad de Cronos Zeus era justo, pero fue injusto al decidir privar del habla a los animales y otorgarla a la incordiosa raza de los hombres, aunque no podamos dar una parte a los otros, y la raza sigue parlanchina y amante de la exquisitez. Los rétores tienen voz de loro, los trágicos de los que habitan el mar. Todos los hombres se hicieron prolijos y habladores por aquello, Andrónico. Lo contó Esopo de Sardis, al que los delfios no recibieron bien al cantarles la fábula.

432
APOLO, LAS MUSAS Y LAS DRÍADAS
[Himerio, oratio XX]

Una vez más voy a recurrir a Esopo para ayudarme. Os relataré una historia que no viene de los libios ni de los egipcios, sino de los nobles frigios, entre los cuales apareció este relato por primera vez. Lo encontré entre las otras maravillas de Esopo, y os la quiero contar a todos vosotros:

Una vez, Apolo estaba tocando una melodía con la lira […]; las Musas llegaron por doquier, lo rodeaban y bailaban al son de la lira. Pero llegó también otro grupo siguiendo la melodía. Eran dríadas y ninfas hamadríadas, espíritus de los montes; creo que eran muy traviesas. Cuando quisieron unirse al coro de las Musas, parecían diosas, y fueron tratadas como Musas. Pero empezaron a bailar y el sonido se hizo áspero y feo, en desacuerdo con la lira, por lo que Apolo se irritó […]. Pero no fue directo a buscar la flecha y la aljaba, como cuenta Homero en la *Ilíada*, no, lo que cuenta Esopo de Apolo es lo que sigue [...]. Vamos a confiar en Esopo [...]. Él hace que el sonido de la lira se vuelva rudo porque Apolo empieza a tocar las cuerdas, no con los dedos, sino con un plectro, y entonces se irrita porque es tratado mal por las ninfas. Y según Esopo también se enfadan las montañas, los valles, los ríos y los pájaros, y hasta el Helicón, que a causa de la ira se transforma en hombre, con voz, y pronuncia un discurso en contra de las ninfas [...]: «¿Qué estáis haciendo, ninfas? ¿Qué os ha picado para enloquecer así? ¿Por qué habéis abandonado el Helicón, el taller de las Musas, para correr al Citerión? Los cantos del Citerión son fuente de desgracias y sufrimientos, de tragedia. Yo de los pastores hago poetas, él vuelve locos a los sensatos, hace que las madres lancen furia contra sus hijos, y que surjan guerras entre la familia. Aquí está la descendencia de las Musas y los jardines de Mnemósine y el alimento para sus hijos. Pero ahora bailan y juegan con Apolo, siempre lo acompañan cantando. Temo por lo que os pasa, que se convierta en una triste escena, el preludio de una tragedia. Pero ¿por qué hablo? Anticipan las ninfas, veloces, el final de mi discurso, pues una de ellas está justo delante del dios, una está bien a punto de estarlo, y otra se apasionará en su coro. Pues la sobrecogen el encanto de la terrible lira de Apolo y todas las gracias del cinturón de Afrodita».

Eso es lo que dijo el Helicón según Esopo.

433
AFRODITA Y EL MERCADER
[Plutarco, *Aetia Graeca* 54]

¿Cuál es la causa por la que en Samos adoran a la Afrodita de Dexiterón? [...] O quizá Dexiterón era un mercader que viajó a Chipre para comerciar, y cuando estaba por zarpar, Afrodita le mandó que cargara la nave de agua, de nada más, y se pusiera en marcha enseguida. Obedeció, cargó mucha agua y zarpó. La ausencia de viento y la bonanza detuvieron su barco en alta mar, donde vendió el agua a otros comerciantes y marineros sedientos, por lo que reunió mucho dinero. Así que hizo esculpir una estatua de Afrodita y le puso su nombre.

434

EL CHOCHÍN Y EL ÁGUILA
[Plutarco, *Praecepta gerendae reipublicae* 12]

Al chochín de Esopo lo llevaba un águila en su lomo. De repente el chochín se puso a volar y la adelantó.

435

LA COMADREJA NEGRA
[Nicéforo Grégoras, *Historia de Bizancio*, VII 1]

Un curtidor tenía una comadreja de color blanco que cazaba un ratón cada día. Un día, la comadreja se cayó en una vasija en la que el curtidor tenía cuero negro en remojo, y la comadreja salió siendo de color negro. Los ratones creyeron que aquella ya no querría comérselos, pues había cambiado de aspecto. Se acercaban a la mesa sin miedo, olisqueaban arriba y abajo, comían. Ella los vio y se lanzó a la caza. Cazó dos ratones y los devoró. El resto huyó corriendo, sorprendidos por el hecho de que el nuevo aspecto la hubiera vuelto más cruel.

EL SACERDOTE DE CIBELE Y EL LEÓN
[Simónides, Anth. Pal. VI 217]

Era invierno, y un sacerdote de Cibele, para resguardarse de la nieve, bajó a una cueva solitaria. Mientras se sacudía el agua del pelo, llegó un león que le había seguido el rastro hasta la gruta, que solo tenía una entrada. Así que el sacerdote sacó un gran pandero y empezó a golpearlo. El sonido retumbaba por toda la cueva, y la fiera agreste no pudo sufrir el clamor de la divina Cibele, así que huyó a la boscosa montaña, temiendo al devoto afeminado de la diosa, que le dio en ofrenda sus ropas y la rubia cabellera.

437

LA LECHUZA Y LOS PÁJAROS
[Dion Crisóstomo, Or. XII 7 y ss]

Os contaré una fábula de Esopo, que habla del ave sabia que es la lechuza. Pues reunió esta a todos los pájaros cuando brotó la primera encina advirtiéndoles que no la dejaran crecer, que debían arrancarla, pues de ella saldría el veneno que sería su perdición: la liga para cazar pájaros. Y otra vez, cuando los hombres empezaron a sembrar lino, los exhortó a picotear las semillas, pues lo que aquellas producirían no sería bueno para ellos. La tercera vez, cuando vio la lechuza a un hombre con un arco, dijo que los cazaría con sus propias plumas, pues aunque iba a pie, lanzaba flechas con alas. Desoyeron las palabras, no le hicieron caso, como si estuviera loca. Pero cuando, con el tiempo, supieron por experiencia que había dicho la verdad, la consideraron la más sabia de las aves. Y es por ello por lo que, cuando la encuentran, la tratan como si lo supiera todo. Pero ella ya no les da consejos, solo se lamenta.

LA MUJER DE SÍBARIS
[Aristófanes, *Las avispas*, 1435 y ss]

Una mujer de Síbaris pisó una concha de erizo (fui testigo). Fue a buscar a un testigo la concha, y la mujer le dijo: «Por Perséfone que si te hubieras apresurado a comprar cuerda para recomponerte, en vez de procurarte un testigo, serías más inteligente».

439

EL LAUREL Y EL OLIVO
[Calímaco, *Iambos*, vss 211 sqq. in pap. Oxy. 1011]

Escucha el relato: en el Tmolos rivalizaba el laurel con el olivo, cuentan los antiguos lidios, pues era un árbol bello, de anchas ramas… balanceando sus ramas… dice…

«de un lado es blanca como el vientre de una hidra, al otro, expuesto, lo quema el sol. ¿En qué casa no estoy en el umbral? ¿Qué adivino o qué sacerdote no me toma? Y hasta la Pitia se sienta en el laurel, canta el laurel y yace en el laurel. Necio olivo, ¿es que no fue Branco que salvó los hijos de los jonios, con quien Febo estaba enojado, golpeándolo con laurel, diciendo dos o tres veces un hechizo? Yo voy a los banquetes y a los juegos píticos, y soy el premio. Y los dóricos me talan de las cimas de las montañas de Tempe y me llevan a Delfos cuando se celebran los rituales de Apolo. Necio olivo, no conozco el dolor, ni sé de qué modo se agacha el que acarrea a los muertos, pues soy puro, los hombres no me pisan porque soy sagrado. Contigo se coronan cuando queman a un muerto, y cuando lo ponen en una tumba de ti hacen el lecho del que ya no tiene aliento».

Así se jactaba, pero la madre del aceite le arremetió sin temblar: «Oh, laurel, que […] de todos mis frutos, como el cisne, has acabado cantando el más dulce, ¿no estoy entre ellos? Yo acompaño a la pompa a los hombres que mata Ares, y me ponen bajo la cabeza de los nobles que encuentran bella muerte. Y cuando los niños llevan a la tumba la blanca abuela o al anciano Titonos, los acompaño, esparcida por el camino. Les asisto más que tú a los que te traen de Tempe. Y puesto que lo has mencionado, ¿no soy yo premio más valioso?, pues los juegos olímpicos son mayores que los délficos: más noble es el silencio. Pues no soy yo que murmuro sobre ti, nada bueno ni nada malo, sino los pájaros que pían de forma inaudita, sentados desde antiguo en estas hojas, se encuentran y susurran: "¿Quién descubrió el laurel? La tierra lo cultivó, como al roble, a la encina, al ciprés, al pino. ¿Quién descubrió el olivo? Palas, disputándose el Ática con el que habita con las algas en el mar, en tiempos antiguos, cuando hacía de juez un hombre medio serpiente. Aquí pierde el laurel. De los que viven siempre, ¿quién honra al olivo y quién al laurel? Apolo, al laurel, Palas, al que descubrió. Empate, pues no voy a distinguir entre dioses. ¿Cuál es el fruto del laurel? ¿Para qué sirve? Ni lo comas, ni lo bebas ni te lo unjas. El del olivo gusta a muchos, lo mastican, hacen aceite, hasta Teseo lo disfruta. Vez segunda que pierde el laurel. ¿Qué hojas blanden los suplicantes? Las del olivo. Y pierde a la tercera el laurel". ¡Ay, los infatigables, cómo pían! Cuervo desvergonzado, ¿no te duele el pico? "¿De quién es el tocón que guardan los delios? Del olivo, que ayudó a parir a Leto […] Digo que en todo ha perdido el laurel"». Así habló, y al laurel le dolió en el alma el discurso, estaba más ofendido que antes… Una zarza, con sus hojas expandidas y duras, dijo: «Ay, desgraciados, ¿no pararemos? No nos enemistemos demasiado, no nos insultemos, es vergonzoso, los unos a los otros, sino que…». El laurel, como un toro salvaje, lo miró y le dijo: «Tú, odioso, ¿nos hablas como si fueras de los nuestros? No enciendas mi ira, pues siendo vecina ahogas…».

EL FUGITIVO
[Plutarco, *Coniugalia Praecepta*, 41]

Al rato vio al fugitivo y lo persiguió, huía al granero, y le dijo:
«¿Dónde mejor te hubiera querido encontrar?».

441
EL DÍA FESTIVO Y EL DÍA SIGUIENTE
[Plutarco, *Vida de Temístocles*, 18]

Contó Temístocles que una vez discutía el día siguiente con el día
festivo, y le decía que estaba el festivo lleno de ocupaciones y de
trabajos, y que en cambio, cuando llegaba él, todos disfrutaban,
ociosos. Y le contestó el día festivo: «Es verdad lo que dices, pero
si yo no existiera, tú nunca llegarías».

442
EL ORIGEN DEL RUBOR
[Gregorius Nazianzus, Poem. moral. apud migne PG XXXVII]

Os contaré una antigua fábula sobre la vergüenza, que se explica
desde antiguo. Pues se dice que, en un principio, los humanos
no se distinguían entre los mejores y los peores. Pues muchos
consideraban ser los mejores, de manera impropia, y por el contrario, los buenos se consideraban insignificantes. Había gloria
para los deshonrados, y deshonor para los virtuosos, la justicia se
repartía de este modo. Pero no le pasó desapercibida al señor, a
Dios, la maldad. Colérico, se dirigió a ellos: «No hay una ley
que diferencie los buenos de los malos, y por eso hay maldad
por doquier. Pero yo otorgaré una marca para diferenciar el

bien, para saber quién es bueno y quién malo». Dicho esto, hizo que la sangre de los buenos corriera bajo su piel, movida por la vergüenza. Generalmente a las mujeres, pues son delicadas y tienen un corazón gentil, después llegó a los demás. Los malos, en cambio, restan impasibles, pues no recibieron pizca de vergüenza.

443

LA GARZA Y EL HALCÓN

[Simónides fr. 9]

Una garza encontró a un halcón comiendo una anguila en el río Menandro y se la quitó.

444

EROS ENTRE LOS HOMBRES

[Himerius, Egloga, 10.6]

Escuchad la fábula: cuando Zeus engendró a los hombres, tenían de todo, bien ordenado, pero Eros todavía no habitaba en las almas de estos. Este dios, aleteando por encima de este mundo, disparaba sus flechas en el cielo; solo llegaba a los dioses. Pero temiendo Zeus que el más bello de sus trabajos desapareciera, mandó a Eros a la estirpe de los hombres para que fuera su guardián. Eros aceptó la decisión de Zeus, pero consideró que no debía habitar en todas las almas, o hacerse una idea de toda costumbre, pues era nuevo y no era sagrado. En vez de eso, dispuso que los hijos de las ninfas, los vulgares Erotes, fueran los pastores de las almas corrientes, mientras que él habitaría en las almas divinas y uranias, y les inspiraría la pasión erótica, que ha producido incontables bienes a la raza humana. Así que, cuando veas a alguien de naturaleza pasiva y que difícilmente se da a la amistad, piensa que no es huésped de Eros. En cambio, cuando veas a alguien lanzado, cálido, como una flama, que se da enseguida a una amistad erótica, piensa que es huésped de Eros.

445

EL PLACER Y EL SUFRIMIENTO

[Platón, *Fedón*, 60b]

Dijo Sócrates: «Cosa extraña, hombres, parece ser lo que llamáis placer. Y de qué forma maravillosa se relaciona con el que se considera su contrario: el dolor. Pues nunca un hombre los experimenta a la vez, y aun así, si persigue el uno y lo alcanza, por fuerza siempre alcanzará también el otro, como si estuvieran los dos atados en un mismo cabo. A mí me parece que si Esopo lo hubiera reflexionado, hubiera compuesto una fábula que diría que la divinidad quería reconciliarlos, pues estaban en guerra, y al no poder, los unió por la cabeza, y por eso cuando llega uno, enseguida viene el otro».

446

EL CUCO Y LOS PÁJAROS

[Plutarco, *Vida de arato*, 30]

Cuando el cuco preguntó a Esopo por qué le rehuían los pájaros pequeños, este le respondió que era porque un día sería un halcón.

LA ALONDRA MOÑUDA Y EL FUNERAL DE SU PADRE
[Aristófanes, *Las aves*, 471 y ss]

Pues eres un ignorante y un impertinente, que no has tratado ni a Esopo, que dice que lo que primero se originó fue la alondra moñuda, antes que la tierra y todo, y que su padre murió por enfermedad, y como no había tierra, lo tuvo cinco días sin darle sepultura; al final no pudo hacer otra cosa que enterrarlo en su cabeza.

448

LOS PERROS MÚSICOS
[Dion Crisóstomo, orat. ad Alexandrinos XXXII]

Y nos ha hablado también de los citaristas, pues cuando los animales acompañaban a Orfeo, solo sentían placer y disfrutaban, nunca intentaron imitarlo. Pero algunos perros, que son una raza de sinvergüenzas y entrometidos, aprendieron a hacer música, fueron practicándola hasta que se convirtieron en hombres y siguieron con su afición. Así es la raza de los citaristas: no han podido dejar atrás del todo su naturaleza, y aunque conservan las pequeñas enseñanzas de Orfeo, en general su música sigue siendo canina. Eso explicó el frigio.

449

LA CASA DEL PERRO
[Plutarco, *Septem Sapientium Convivium*, 14 157b]

… como el perro esópico, que dicen que en invierno, cuando dormía bien acurrucado por el frío, pensaba en hacerse una casa. Pero volvía el verano, ya dormía extendido, y se parecía tan grande a sí mismo que se daba cuenta de que no sería poco el trabajo de hacerse una casa donde caber, así que no la construía.

450

LOS LEONES Y LAS LIEBRES
[Aristóteles, *Política*, III 1284a]

Dirían lo que dice Antístenes que dijeron los leones ante la asamblea de las liebres, donde contaba igual la opinión de todas: «A vuestras palabras, liebres, les faltan nuestros dientes y nuestras garras».

451

EL LOBO QUE VESTÍA UNA PIEL DE OVEJA
[Nicéforo Basílicas in Prog., ed. Walz Rhet. Gr. I 427]

Disfrazarse conlleva peligros. Una vez un lobo creyó que si cambiaba su aspecto cambiaría su naturaleza, y que así tendría más comida. Se puso una piel de oveja y se fue a pastar con el rebaño, engañando al pastor con la artimaña. Se hizo de noche, y el pastor encerró al lobo con las ovejas en el redil. Pero cuando el pastor quiso cenar, mató al lobo con su cuchillo.

Así, quien se disfraza a menudo se ve privado de la vida y encuentra que el haber fingido le ha conllevado grandes desgracias.

452

EL LOBO Y EL ASNO EN UN JUICIO

Un lobo se encontró con un asno al lado de un camino. Lo tenía bien capturado en su trampa, y se lo iba a comer, pero pensando que no sería suficiente alimento para él ni suficiente la desgracia para el asno, le añadió la de las palabras, y burlándose del desgraciado le dijo: «No me temas, pues no voy a hacerte daño hasta que encuentre que durante tu vida hayas cometido alguna falta; vamos a contarnos, cada uno a su vez, los crímenes que hemos cometido en la vida. Si los míos son peores que los tuyos, te dejo libre del peligro que sospechas de mí, y podrás correr sin miedo a tus pastos». Dicho esto, empezó a contar sus delitos: despedazar ovejas y cabras, arramblar con incontables cabritos y corderos, ahogar bueyes y morder, o hasta matar, a guardianes. Estos y otros muchos parecidos contaba el lobo, quitándoles importancia, para que no parecieran crímenes, y urgió al asno a que contara los suyos. Este no encontraba nada digno de acusación, ni creía haber hecho nunca nada malo, así que al final cuenta lo siguiente: dice que una vez que transportaba, con el amo, una carga (que era de hortalizas), «una mosca me hacía cosquillas, y no podía soportarlo, así que, resoplando para quitármela del hocico doblé el cuello, de modo que una hoja de las verduras se desprendió y se me pegó a los dientes, y yo, masticándola, me la comí. Pero enseguida recibí el castigo, pues el amo que me acompañaba me dio de garrotazos, así que la vomité de inmediato». Pero todavía no dio fin a la contienda el lobo con la confesión, y como si hubiera dicho que había robado un cabrito, exclamó: «¡Vaya delito! ¡Qué crimen más monstruoso! Eres culpable, ¡tan gran abominación, tan gran falta, tan gran culpa! Vaya desconsideración con tu dueño, que tanto ha trabajado para cultivar las verduras, regándolas continuamente, recogiéndolas, limpiándolas! En un momento se ha perdido todo por tu culpa. Pues las desgracias de aquel te las devolveré yo».

Habiendo dicho esto, el lobo atacó al asno, lo despedazó y se comió al desgraciado. No pensaba que fuera un crimen comérselo; eso hacen los malhechores.

453

EL LOBO Y LOS PASTORES
[Plutarco, *Septem Sapientium Convivium*, 13 156a]

Esopo cuenta esta fábula: un lobo que ve a unos pastores comerse a un cordero se les acerca y les dice: «¡Pues vaya jaleo montaríais si yo hiciera lo mismo!».

454

EL RATÓN Y LA OSTRA
[Antiphilus in Anth. Pal. IX 86]

Un ratón goloso, que comía de todo, correteaba por la casa y vio a una ostra con los labios abiertos. Le hincó el diente a la barba húmeda, carne falsa. Entonces, se cerró de golpe la casa de la ostra y quedó atrapado, sin remedio. Él mismo se aprisionó, causó su muerte y cerró su propia tumba.

455

MOMO Y AFRODITA
[Aristides, *Discursos* XXVIII 136]

Voy a hablar sobre cómo empezó todo entre Momo y Afrodita. Dicen que ella estaba sentada arreglándose y Momo irrumpió, y como no tenía nada que reprocharle, cuando ella se levantó, se burló del ruido que hacían sus sandalias.

EL TONTO Y EL TAMIZ
[Galeno, De Methodo Medendi I 9]

Pues esto es un defecto, el que presencié de un tonto, que me dijo acerca de un tamiz que no encontraba nada con que llenarlo, pues nunca quedaba lleno.

457

EL JOVEN Y EL CABALLO DESBOCADO
[Luciano, Cynicus, c. 18]

Cuentan lo que le ocurrió a uno que montaba un caballo desbocado: se dejaba llevar por el caballo, pues no podía desmontar a media carrera. Uno le preguntó adónde iba, y respondió el joven, señalando al caballo: «A donde él quiera».

458

EL ASNO Y LA SERPIENTE DIPSÁS (SEDIENTA)
[Eliano, *Historia de los Animales*, VI, 51]

Es necesario que cuente, en referencia a este animal (la serpiente dipsás), una fábula que sé por haberla oído cantar, que no parezca que no es aprendida. Se dice que Prometeo robó el fuego, y el mito dice que Zeus se encolerizó y prometió dar, a quien señalara al culpable, un remedio que curaba la vejez. Pues sé que los que lo recibieron lo cargaron en un asno, y que este andaba transportando el fardo. Era verano, y el asno, sediento, llegó a una fuente, pues necesitaba beber. Allí, la serpiente que la guardaba lo detuvo y quería echarlo, y aquel, torturado por la sed, le dio, para pagarle, el remedio que llevaba por casualidad. Así, ella obtuvo el remedio, y él bebió. Se libró de la piel vieja, y recibió, además, según la fábula, la sed del asno.

¿Qué? ¿Que me he inventado la fábula? Pero que no la digo yo, pues antes que yo la dijo Sófocles en una tragedia, el rival de Epicarmo Dinóloco, Íbico el Regio, y los comediógrafos Aristias y Apolófanes.

459

LA MIRADA DEL ASNO
[Zenobio, V 39 (CPG I, p. 137)]

Un ceramista criaba pájaros en su taller. Un asno que pasaba por allí dejó de seguir al arriero y echó un vistazo por la ventana, lo que provocó que los pájaros se asustaran y revolotearan por el taller, rompiendo así las vasijas del ceramista. Este llevó a juicio al arriero, y al preguntarle de qué lo acusaba, dijo el ceramista: «De la mirada del asno».

460

LA SOMBRA DEL ASNO
[Plutarco, *Vitae decem oratorum*, 848a]

Una vez, en una asamblea de los atenienses, no dejaban hablar a Demóstenes, y este les dijo que les quería contar una fábula. Callaron todos, y él empezó: «Era verano, y un joven alquiló un asno para ir de aquí a Megara. A mediodía, calentaba mucho el sol, y los dos (el joven y el propietario del asno) deseaban echarse bajo la sombra del animal. Empezaron a forcejear, pues el propietario decía que le había alquilado el asno y no la sombra, y el otro que tenía derecho a todo». Y habiendo dicho esto, Demóstenes hizo ademán de marcharse, pero los atenienses querían escuchar el final de la fábula, y él les dijo: «¿Queréis escuchar la historia del asno y la sombra, y no os interesan los asuntos más urgentes?».

LOS OJOS Y LA BOCA
[Dion Crisóstomo, Or. XXXIII 16]

Cuenta Esopo cómo sufrían los ojos, pues creían que, mientras que eran ellos los más valiosos, veían a la boca disfrutar de muchos placeres, como la miel. Irritados por eso, se quejaron al hombre. Este les dio miel, que les escocía y les hacía llorar, y pensaron que era algo amargo y repugnante.

También vosotros queréis probar discursos filosóficos, como querían hacer los ojos con la miel, pero me temo que os irritarán, os van a ofender, y afirmaréis que la filosofía no es otra cosa que reproches y maldad.

LOS HONORES DEL DUELO
[Plutarco, *Consolatio ad Apollonium*, 19]

Dicen que uno de los antiguos filósofos dedicó este discurso a la reina Arsíone, que estaba de duelo por su hijo: «En el tiempo en que Zeus repartió los honores entre las divinidades menores, resulta que el Duelo no estaba presente, sino que llegó después, una vez terminado el reparto. Entonces, le pidió a Zeus que le diera algún honor, pero a este no le quedaba ninguno, pues los había gastado todos. Al final, le atribuyó las lágrimas y la pena. Y así como el resto de estas divinidades aman a quien les dedica honores, también lo hace el Duelo. De este modo, si no le haces honores, mujer, no vendrá a ti, pero si recibe cuidados de tu parte, como las lágrimas y los trenos, te amará y te suministrará aquello que haga que sus honores nunca terminen».

LOS MONOS DANZARINES
[Luciano, *Piscator*, 36]

Dicen que un rey egipcio enseñó a los monos a bailar la danza pírrica, y estas bestias (que imitan lo humano) aprendieron rápido a danzar, y vestían ropas moradas y máscaras. El público estaba maravillado, hasta que uno les tiró unas nueces que llevaba en el bolsillo. Cuando los monos las vieron, dejaron de danzar, volvieron a ser monos, y no pírricos: rompieron las máscaras y rasgaron sus vestidos peleando entre ellos por los frutos. Disolvieron el orden del baile y fueron el hazmerreír del teatro.

464

LOS MONOS QUE FUNDARON UNA CIUDAD
[Hermogenes, *Progym*. 1]

Unos monos reunidos en asamblea discutían la conveniencia de fundar una ciudad. Decidieron que sí, y cuando se iban a poner a la faena, un mono viejo les dijo que encerrados entre murallas serían presa fácil para los enemigos.

465

EL PASTOR Y EL CARNICERO
[Máximo de Tiro, Or. XIX]

Un pastor y un carnicero andaban por el mismo camino. Vieron un cabrito alejarse del rebaño, dejar atrás a sus compañeros de pasto, y ambos se abalanzaron hacia él. Eso ocurrió cuando las bestias hablaban como los hombres, así que el cordero preguntó qué razón tenía cada uno para querer cazarlo. Cuando supo a qué se dedicaba cada uno, se entregó al pastor: «Tú eres un verdugo, carnicero, un asesino de cabritos, pero a este le satisface que crezcamos bien».

466

LA ABUNDANCIA (POROS) Y LA POBREZA (PENÍA)

[Platón, *El banquete*, 203b]

El día en que nació Afrodita, los dioses celebraron un banquete, al que acudió Poros, hijo de Metis. Cuando hubieron comido, llegó Penía a mendigar, como es habitual en los festines, y se quedó en la puerta. Poros, ebrio de néctar (pues no había todavía vino), salió al jardín de Zeus y se durmió. Planeó Penía, pues no tenía descendencia, tener un hijo con Poros, así que se acostó con él y concibió a Eros. Por eso Eros acompaña y sirve a Afrodita, pues lo concibieron el día del nacimiento de esta, y por eso, también, es amante de la belleza, pues bella es Afrodita. Y así es la fortuna del hijo de Poros y Penía, Eros. Primero, es siempre pobre, y no es suave y bello como muchos creen, sino áspero, seco, va descalzo y no tiene casa, duerme en el suelo, sin lecho, al aire libre junto a las puertas y los caminos. Tiene la naturaleza de su madre, compañero de la carencia. Como su padre, va hacia lo que es bello y bueno, es valiente, osado e impetuoso, temible cazador, urdidor de engaños, desea conocer y tener recursos, busca el saber durante toda su vida, temible hechicero, mago y sofista. No es mortal ni inmortal, pues en el mismo día florece y vive, si tiene recursos, y puede morir y volver de nuevo a la vida por la naturaleza de su padre. Lo que se procura siempre se le escurre, de modo que Eros no carece de nada ni tampoco es rico; está entre el saber y la ignorancia.

EL SÁTIRO Y EL FUEGO
[Plutarco, *De capienda ex inimicis utilitate*, 2]

Cuando el sátiro vio el fuego por primera vez, deseaba besarlo y abrazarlo, pero Prometeo le dijo: «Tú, cabra, vas a llorar tu barba», pues quema a quien lo toca, es fuente de luz y calor, es útil en todo arte solo para quien ha aprendido a usarlo.

LA LUNA Y SU MADRE
[Plutarco, *Septem sapientium convivium*, 14]

La Luna pidió a su madre que le tejiera una túnica a medida. Y la madre le respondió: «¿Y cómo va a ser a medida? Si ahora te veo llena, luego media, y a veces solo te veo los cuernos».

Así, amigo Gersias, los deseos de los hombres ignorantes y simples no pueden medirse, pues sus necesidades dependen del azar.

EL LEÓN QUE ENGAÑÓ AL TORO
[Nicéforo Basilicas, apud Walz., Rhet. GR. I 423 sq]

Una vez un león vio a un toro; estaba hambriento, pero temía que lo atacara con los cuernos. Había encontrado el remedio, pero no podía curar su enfermedad. Le ganó el apetito, que le mandó encontrarse con el toro, aunque le aterrorizaba el tamaño de los cuernos. Al final lo convenció el hambre, y fingió hacerse amigo del toro, mientras planeaba un engaño. Cuando se tiene el mal cerca, hasta la virtud tiene miedo. Si imponerse por la fuerza no está libre de peligro, hay que razonar cautelosamente. Le dijo el león: «Alabo tu fuerza, me admira tu belleza, tu cabeza, tu figura, tus patas, tus pezuñas, ¡pero ese peso que llevas encima de la cabeza…! Quítate este fardo inútil, tu cabeza quedará mejor, y no tendrás que cargar con este peso, el cambio será para bien. ¿De qué te sirven los cuernos si estás en paz con el león?». Así convenció al toro que, al librarse de la cornamenta, fue atacado por el león, que se lo zampó sin correr peligro alguno.

470
LAS CIGARRAS
[Platón, *Fedro*, 259b-c]

Pues se dice que antaño las cigarras eran hombres, antes del nacimiento de las Musas. Cuando estas nacieron, apareció el canto y algunos hombres, dejándose llevar por el placer, solo cantaban y olvidaban comer y beber, hasta que murió el último. De estos nacieron las cigarras, que recibieron el honor de las Musas, pues cantan sin cesar y no necesitan comer desde que nacen hasta que mueren, que es cuando van a las Musas a decirles quién las honra aquí.

471
LOS PIOJOS Y EL LABRADOR
[Apiano, *Guerras Civiles* I, 101]

Mordían los piojos a un campesino mientras labraba. Paró dos veces su labor para sacudirlos de su túnica. Cuando lo volvieron a morder, con el fin de no deternerse más, prendió fuego a la túnica.

También yo he avisado dos veces, a la tercera no prescindiré del fuego.

ADDENDVM

LA ZORRA Y EL CAMPESINO

[E co. Brancacciano apud F. Sbordone in
Rivista Indo-Greco-Italica XVI (1932), p. 38]

Vivía una zorra, habiendo llegado
desde hacía mucho, en la vid de un viejo.
Comía las uvas cuando era de noche,
y durante el día estaba escondida,
pues tenía miedo, y ella se ocultaba.
Y va el campesino, la caza con cuerdas,
la ata y golpea, ciñe la correa.
Dice la rabosa, que estaba en apuros:
«Yo no he arruinado los racimos de uvas,
han sido unas bestias de raza salvaje».
Pega el campesino tanto como puede
hasta que la tiene bien muerta en el suelo.

ÍNDICE

II. FÁBULAS DE LA RECENSIÓN I, AUSENTES EN LA PRIMERA RECENSIÓN

III. OTRAS FÁBULAS ESCOGIDAS DE OTROS CÓDICES DE
ESOPO

IV. FÁBULAS DE ORIGEN BABRIANO, EN VERSO O EN PROSA, LOS ARGUMENTOS DE LAS CUALES NO HAN SIDO ANTES TRATADOS

V. FÁBULAS NUEVAS, EXTRAÍDAS DE LA «VIDA DE ESOPO»

VI. FÁBULAS AÑADIDAS POR DOSITEO

VII. FÁBULAS AÑADIDAS POR AFTONIO

VIII. FÁBULAS DE SYNTIPAS, EL ARGUMENTO DE LAS CUALES NO SE HA TRATADO EN LAS FÁBULAS ANTERIORES

IX. DE LOS CUARTETOS BIZANTINOS

X. DEL CÓDICE LAURENTIANO LVII 30

XI. FÁBULAS EXTRAÍDAS DE DIFERENTES AUTORES